Ambición

Kate Walker

Bianca®

HARLEQUIN®

Editado por HARLEQUIN IBÉRICA, S.A.
Hermosilla, 21
28001 Madrid

© 2004 Kate Walker. Todos los derechos reservados.
AMBICIÓN, Nº 1623 - 2.11.05
Título original: The Spaniard's Inconvenient Wife
Publicada originalmente por Mills & Boon®, Ltd., Londres.

I.S.B.N.: 84-671-3155-1
Depósito legal: B-37555-2005
Editor responsable: Luis Pugni
Composición: M.T. Color & Diseño, S.L.
C/. Colquide, 6 - portal 2-3º H, 28230 Las Rozas (Madrid)
Fotomecánica: PREIMPRESIÓN 2000
C/. Algorta, 33. 28019 Madrid
Impresión y encuadernación: LITOGRAFÍA ROSÉS, S.A.
C/. Energía, 11. 08850 Gavá (Barcelona)
Fecha impresion para Argentina: 23.10.06
Distribuidor exclusivo para España: LOGISTA
Distribuidor para México: CODIPLYRSA
Distribuidores para Argentina: interior, BERTRAN, S.A.C. Vélez
Sársfield, 1950. Cap. Fed./ Buenos Aires y Gran Buenos Aires,
VACCARO SÁNCHEZ y Cía, S.A.
Distribuidor para Chile: DISTRIBUIDORA ALFA, S.A.

Capítulo 1

ESTRELLA se detuvo delante de la puerta con la mano en el pomo y trató de tranquilizarse. Necesitaba estar preparada para el enfrentamiento que la esperaba con el hombre que estaba al otro lado de esa puerta.

Había creído erróneamente que su padre se había dado por vencido, que había cejado en su empeño de casarla con alguien «apropiado». Sin embargo, hacía un rato había entrado en su dormitorio para anunciarle que el hombre con el que iba a tener una importante cita de negocios aquel mediodía quería hablar con ella. Entonces, con una desagradable sensación en el estómago, se había dado cuenta de lo equivocada que estaba.

De haber podido escapar lo habría hecho, pero la experiencia le había demostrado que eso no le serviría de nada, que la única forma de manejar la situación era enfrentándose a ella.

Respiró profundamente, se tocó el liso y negro cabello, enderezó sus estrechos hombros y entró.

El estaba de pie delante del ventanal de la pared opuesta a la de la puerta. Alto y fuerte, de espaldas a ella, mirando al jardín por la ventana.

–¿Es usted el señor Dario? ¿El señor Ramón Juan Francisco Dario?

Su voz, dura y brusca debido a la tensión, le hizo volver la cabeza.

–Sí, lo soy. ¿Usted es Estrella Medrano? –la respuesta de él sonó tan dura como la de ella.

–Mi padre me ha dicho que quería verme.

Estrella no se molestó en contestar a la pregunta, lo que provocó un gesto ceñudo en él.

¿Qué había esperado ese hombre? ¿Que iniciarían la conversación con amables tonterías? Sabía el motivo por el que él estaba ahí, lo que no se prestaba a una charla amistosa.

–Sí, quería hablar con usted.

–¿No había venido para ver a mi padre?

–Sí... quería comprar su canal televisivo.

–¿Y lo ha conseguido?

–Aún... estamos en tratos.

Claro, pensó Estrella cínicamente. Por supuesto que aún estaban en tratos, lo que significaba que ese hombre era «otro más». Otro más de la lista de posibles candidatos con quien casarla a cambio de dinero.

–¿Demasiado cara para usted? –preguntó ella despacio, pasándose las húmedas palmas de las manos por los costados de la falda negra de seda que llevaba con una blusa blanca.

–No, en absoluto. Estoy dispuesto casi a pagar cualquier precio.

Él empezó a avanzar hacia ella, su estilizado cuerpo lleno de potente energía. Estrella se estremeció, aunque no sabía si se debía a hostilidad o a miedo. Lo único que sabía era que, a pesar de lo grande que era la estancia, se le antojó demasiado pequeña en ese momento.

–¿Así que realmente quiere la empresa?

–Sí, así es.

Debía ser así, si estaba dispuesto a acatar las condiciones impuestas por su padre... si estaba dispuesto a venderse, y a comprarla a ella, con el fin de hacerse con la empresa. Su padre debía pensar que, en esa ocasión, había acertado con ese hombre.

Si no había perdido del todo el sentido común, debía aprovechar ese momento para decirle que conocía perfectamente la situación y que no tenía sentido continuar. Al margen de lo que le hubiera dicho a él su padre, ella no estaba dispuesta a aceptar la propuesta.

Pero Ramón Dario no era lo que había imaginado. En primer lugar, no se parecía a su padre, Rodrigo Dario; éste era un hombre alto, moreno y entrado en carnes, con cabello negro y ojos igualmente oscuros. Y nadie le había considerado un hombre guapo.

Por el contrario, Ramón era un hombre deslumbrante. En cierto modo, era todo lo que su padre no era.

Ramón era mucho más alto que Rodrigo y, aunque de cabello oscuro, el sol le confería reflejos cobrizos. Sus ojos grises resaltaban en el rostro angular y bronceado por el sol.

La madre de Ramón Dario, fallecida hacía años, cuando él era pequeño, había sido inglesa.

Era más alto que Rodrigo y mucho más delgado, aunque musculoso y de anchas espaldas. Su cuerpo parecía perfecto bajo el traje de exquisito corte.

–Dígame, ¿por qué quería verme? –preguntó ella, como si no lo supiera.

–Quería hablar con usted.

–Y...¿siempre consigue lo que quiere?

Estrella necesitaba poner punto final a la situación para poder marcharse; para volver a su habitación, a su acostumbrado aislamiento. Para volver a recibir la miradas de reproche de su padre, que tantos años había soportado, sin conocer ninguna otra expresión por parte de él. Para volver a la censura social a la que se veía sometida.

–Es ésa... –decía la gente a sus espaldas–. Ésa es la hija de Medrano, la que hizo que Carlos Perea se separara de su mujer y la dejara sola con dos niños pequeños. Y eso que Carlos podría ser su padre.

–¿No quiere sentarse?

Ramón le indicó un sillón con la mano.

–¿Es necesario?

No había motivo alguno para ponerse nerviosa ante la posibilidad de estar más cerca de él. ¿Por qué reaccionaba de esa manera delante de ese hombre? Incluso la leve fragancia del agua de colonia que olió cuando él se movió la hizo reaccionar. Un calor líquido le corrió por las venas.

Nunca se había acercado tanto a ninguno de los otros... desde lo de Carlos.

–Prefiero quedarme de pie.

–¿No le gustaría estar más cómoda?

–Si quiere que le diga la verdad, lo que preferiría es estar en cualquier sitio menos aquí.

–Le aseguro que no la retendré mucho tiempo.

El tono de él fue frío y distante.

–Y yo le aseguro que no me interesa nada de lo que pueda decirme.

Ramón le lanzó una gélida mirada.

–¿Me permite sugerirle que espere a oír lo que tengo que decirle antes de juzgar si le interesa o no?

Ramón la miró de arriba abajo con frialdad, haciéndola sentirse como un objeto.

Ninguno de los otros la había producido semejante sensación de malestar. Sintió deseos de decirle exactamente lo que pensaba, pero logró controlarse a sí misma.

–En ese caso, diga lo que sea –logró responder Estrella.

–De acuerdo, lo haré.

Ramón se pasó una mano por el oscuro cabello, revolviéndoselo momentáneamente.

Estrella no pudo evitar pensar que sus cabellos estarían así recién levantado, y una oleada de deseo recorrió su cuerpo. Lo imaginó en la cama, con el pelo revuelto y los ojos grises clavados en la mujer... sonriendo.

La idea hizo que el corazón le latiera con fuerza. Nunca había sentido nada así por un hombre. Nunca. Ni siquiera por Carlos.

Carlos, el principio de todo aquello. El hombre cuya maligna influencia le había destrozado la

vida, incluso a pesar del tiempo que había trans-
currido. Incluso desde la tumba.

Pero Carlos nunca la había hecho sentirse así.

¿Por qué estaba pensando eso? No podía evitarlo. Ese hombre tenía algo que afectaba profundamente su femineidad.

—Hay un problema; es decir, tenemos un problema.

La dura voz de Ramón Dario la devolvió a la
dura realidad, desvaneciendo sus caprichosas fan-
tasías.

—¿Qué quiere decir con eso de que «tenemos»?
¿Por qué me incluye?

—Porque su padre ha creado un lazo de unión
entre los dos.

Por fin lo reconocía. De repente, al contrario
que en las otras ocasiones en las que se había visto en esa situación y en las que había deseado sacar los trapos sucios cuanto antes y acabar con el
asunto, Estrella descubrió con asombro que quería
todo lo contrario. Deseaba evitar que Ramón le
propusiera algo que su padre le había forzado a
proponer.

Porque si lo hacía, ella tendría que darle una
respuesta.

Y la respuesta tenía que ser negativa.

Siempre era un no. Desde el momento en que
su padre decidió «redimirla» de la mancha del pasado por medio de garantizarle un matrimonio
respetable, Estrella había tenido que soportar ese
tipo de situaciones repetidamente. Si Ramón Dario pensaba que podía adquirirla como parte de un

trato de negocios, como un extra añadido a la cadena televisiva, iba a obtener la misma respuesta que los anteriores.

No.

Sin embargo, a pesar de anticipar la respuesta, no pudo evitar sentir cierto pesar. Por primera vez desde que su padre había comenzado esa campaña para casarla, ella se preguntaba...

–Su padre ha sugerido un precio que yo aceptaría encantado –continuó Ramón, interpretando el silencio de ella como disposición a escuchar–. Y, por supuesto, quiero la empresa. Pero hay condiciones, condiciones que la afectan a usted. Su padre quiere que nos casemos. A menos que me case con usted, no me venderá la empresa.

A pesar de ser lo que había esperado que ocurriera, Estrella, consciente de que no había forma de echarse atrás, sintió un gran sentimiento de pérdida. La esperanza de que ese hombre se hubiera negado a dejarse comprar se quebró.

Una estúpida esperanza por su parte.

Ramón Dario era igual que los demás. Era un hombre cruel, ambicioso, decidido a conseguir lo que quería a cualquier precio y pasando por lo que tuviera que pasar. E ignorando completamente los sentimientos de ella.

–Estrella –dijo Ramón al ver que ella guardaba silencio–, ¿ha oído lo que le he dicho? Su padre quiere que me case con usted.

–Lo sé –respondió Estrella en voz baja; tan baja, que a él le costó darse cuenta de que había respondido.

–¡Lo sabía! –exclamó Ramón, incapaz de contener su asombro.

¿Cómo podía reaccionar con semejante calma? ¿Cómo podía mostrar semejante indiferencia a lo que su padre estaba haciendo? ¿Habría estado implicada en la trama con su padre desde el principio?, se preguntó Ramón con repugnancia. ¿Y si lo había elegido ella misma y se lo había dicho a su padre? La idea le hizo sentirse como un trozo de carne en el mostrador de una carnicería.

–¿He oído bien? ¿Ha dicho que lo sabía? –insistió Ramón con renovada repugnancia.

–Sí.

–¿Cómo... cómo es que lo sabía? Tengo derecho a una explicación, dado que ha estado jugando conmigo.

La acusación la hizo reaccionar. Estrella alzó la barbilla con gesto desafiante y sus negros ojos brillaron.

–De acuerdo, le daré la explicación que me pide. Pero se lo advierto, no va a gustarle. ¿Cree que es usted el primero? ¿Cree que es el único hombre al que mi padre ha querido comprar para mí?

–¿No lo soy?

Estrella sacudió la cabeza enfáticamente, unas hebras de su cabello acariciando su rostro lívido.

–Ni es el segundo, ni siquiera es el tercero.

¿Acaso esa mujer se había propuesto destrozar su ego por medio de darle una lista de los candidatos que le habían precedido, de todos los hombres a los que ella había preferido?

–Ahórreme los morbosos detalles –dijo Ramón–. Deme un número aproximado.

Aquella era la Estrella Medrano que Ramón había temido que fuera, la clase de mujer que había oído que era. Se había dejado engañar por el aspecto de ella, porque no era como la había imaginado.

La había imaginado una mujer baja, voluptuosa y alocada. Una mujer con su reputación tenía que ser alocada. La había imaginado con pelo corto y falda aún más corta, el rostro muy maquillado. La había imaginado vestida con ropa colorida y estrafalaria.

Pero Estrella tenía más altura de la que había supuesto, era más delgada, sosegada y elegante. De rostro ovalado y pómulos prominentes. Sólo sus oscuros y sedosos cabellos sugerían la promesa de la pasión.

Era una mujer hermosa. Era una mujer deslumbrante, pero tan fría y dura como un diamante.

No había creído los rumores sobre ella, pero ahora sí. Sí, claro que los creía. Ella los había confirmado. Su padre y ella estaban compinchados para conseguirle un marido.

–¿Cuántos?

–Diez –respondió ella clara y fríamente–. Nueve antes de usted. Usted es el décimo. Le advertí que no iba a gustarle la respuesta.

–Tiene razón, no me ha gustado –contestó Ramón–. No me ha gustado la respuesta y no me gusta usted. No me gusta que me manipulen.

–Yo no he manipulado... –comenzó a decir Estrella, pero se interrumpió cuando sus negros ojos vieron los destellos de ira que salían de los ojos grises de él.

–Sabía lo que pasaba.

–Sí –admitió ella.

–¿Y no se le ha ocurrido pensar que habría sido adecuado advertirme de que lo sabía?

Pero Estrella había vuelto a alzar la barbilla, fijando los ojos en él con gesto retador.

–¿Y usted se atreve a hablarme de lo que es adecuado? –le espetó ella–. No tiene derecho a decirme lo que debería o no haber hecho. ¡Al fin y al cabo, usted estaba dispuesto a acceder al plan de mi padre?

Pero Ramón no se dejó amedrentar. Sabía cuál iba a ser su respuesta desde el momento en que Alfredo Medrano le hizo aquella inaceptable propuesta.

–¡Por supuesto que no!

–¿No? –inquirió Estrella con ironía–. En ese caso, ¿qué está haciendo aquí?

Era una pregunta que Ramón ya se había hecho a sí mismo. ¿Qué demonios estaba haciendo ahí, soportando la petulancia de esa morena belleza?

Una bella mujer de ojos negros cuya presencia física era imposible de ignorar.

¿Cómo podía esa mujer hacer una cosa así? ¿Cómo podía ser tan agresiva, tan cínica, tan hostil, tan irritante y... hermosa hasta el punto de no dejarle pensar con claridad?

–Sabe perfectamente qué estoy haciendo aquí. He venido para...

–En principio, ha venido para negociar la compra de la empresa, eso ya lo sé. Pero también ha admitido que mi padre no iba a vendérsela.

–A menos que acepte sus condiciones.

–A menos que acepte sus condiciones –repitió Estrella burlonamente–. Y, a pesar de ello, se ha quedado. Me preguntó por qué.

–Sabe por qué me he quedado –respondió Ramón con voz ronca, luchando contra un deseo carnal que casi le causaba dolor físico.

La garganta se le había secado y la voz le había salido ronca y dura.

–Me he quedado para hablar con usted –añadió él.

–Se ha quedado, tal y como mi padre le ha ordenado, para proponerme matrimonio.

–Piense lo que quiera.

–Usted mismo me ha dicho que quería la cadena de televisión.

–Sí, claro que la quería, pero no con tanta desesperación. No tanto como para casarme con usted.

Había tocado una fibra sensible, notó Ramón con una sonrisa de satisfacción al verla parpadear.

–No tengo planes de casarme por el momento. ¿Por qué iba a querer atarme cuando hay cientos de mujeres bellas en otros lugares? Pero aunque quisiera casarme, tengo mi orgullo. Preferiría elegir con quien me caso, no porque acepte un soborno.

–En ese caso, no se preocupe, ni siquiera tendrá la oportunidad de aceptar el soborno.

Estrella se negó a permitir que las lágrimas afloraran a sus ojos. Ya había llorado por hombres que no merecían ni una lágrima suya. Después de soportar la manipulación sentimental de Carlos, los insultos de Ramón no eran nada en comparación.

Al menos, no deberían habérselo parecido. Sin embargo, las palabras de ese hombre le habían hecho mucho daño.

–¡Yo no me casaría con usted por nada del mundo! –le espetó ella–. Ni aunque me lo pidiera...

–Cosa que no haré.

–Pero si me lo pidiera, no lo haría –insistió Estrella apretando los dientes.

–En ese caso, disfrute imaginándolo –le contestó Ramón–. Porque, créame, eso es lo único que va a conseguir, imaginárselo. No tengo intención de condenarme a cadena perpetua, a pesar de que sea la mujer más atractiva que he visto en mucho tiempo.

Capítulo 2

LA mujer más atractiva...»

Estrella no podía creer lo que acababa de oír. ¿Había dicho Ramón realmente eso?

Un cálido e intoxicante placer le corrió por las venas y la cabeza le dio vueltas. No pudo evitar una leve y breve sonrisa, prácticamente impercepti- ble. Pero él la vio y sus cejas se juntaron aún más.

–Le ha gustado, ¿verdad? –dijo él con cinis- mo–. ¿Le gusta que me parezca atractiva? Se lo advierto, no piense que podrá utilizarlo para con- seguir sus propósitos. No estoy tan desesperado como para querer los despojos que Carlos Perea ha dejado, aunque signifique que con junto con ellos obtendría la cadena de televisión como dote. Querría mucho más.

–Podría haber tenido mucho más.

Esa vez, la tensa sonrisa de Estrella carecía del calor y el deleite de la sonrisa de unos momentos antes.

–Si hubiera manejado bien la situación, mi padre habría aceptado cualquier contrapropuesta suya. Po- dría haberle dado hasta el castillo y el título. Y de darle un nieto, su gratitud no tendría límites.

La expresión de perplejidad de él la hizo sentirse confusa. De repente, se dio cuenta de que había dicho algo importante para él, pero... ¿qué? No obstante, la expresión de Ramón volvió a tornarse fría y burlona.

–Gracias, pero no. Aún con los extras, el precio es demasiado caro –dijo Ramón.

–No ha sido una propuesta –le espetó Estrella–. Simplemente, le estaba diciendo lo que se ha perdido. No hay posibilidad de llegar a un trato, señor Dario, ni ahora ni nunca; al menos, en lo que a mí respecta.

Estrella cruzó la estancia hasta la puerta, puso la mano en el pomo y, mientras lo hacía girar con violencia, sonrió para sí misma amargamente.

–Las negociaciones están cerradas –dijo ella al tiempo que abría la puerta de par en par invitándolo a salir–. La reunión ha concluido. Le agradecería que se marchara.

–Lo haré con gusto –respondió Ramón antes de echar a andar.

Los firmes pasos de Ramón le indicaron de qué humor estaba. Furioso. También se le notaba que la despreciaba y que quería salir de allí cuanto antes.

De repente, no vio sentido a la súbita y sobrecogedora sensación que se apoderó de ella, una sensación de pesar al darse cuenta de que, en cuestión de segundos, ese hombre iba a desaparecer y no volvería a verlo nunca.

Pero... ¿no era eso lo que quería? Quería que Ramón desapareciera de su vida para siempre. No quería volver a mirarlo a los ojos y soportar su expresión burlona ni el frío desdén reflejado en su expresión.

Sí era lo que quería; no obstante, con sólo mirarlo, fue víctima de puro deseo. No sabía por qué, pero ese hombre la afectaba en lo más profundo de su femineidad. No la había tocado ni la había besado; si le dejaba marchar, no lo haría nunca.

El deseo de que ese hombre la besara era tan fuerte, que casi estuvo a punto de decírselo. De hecho, abrió la boca para rogarle que se quedara, aunque sólo fuera un momento.

Pero no se atrevió y guardó silencio mientras Ramón continuaba avanzando hacia la puerta.

Pero no cruzó el umbral.

Por el contrario, se acercó a ella mirándola retadoramente.

Ramón le agarró los hombros y, de repente, la atrajo hacia sí con un brusco movimiento. Estrella vació los pulmones de aire cuando sus senos entraron en contacto con el duro y cálido pecho de Ramón; antes de poder resistirse, él le puso la mano en la barbilla y se la alzó mientras sus miradas se clavaban la una en la otra.

–Voy a marcharme, pero no antes de hacer algo que debo hacer –dijo él con voz ronca.

Los grises ojos de Ramón se fijaron en su boca justo en el momento en que ella se pasaba la lengua por los labios.

–Algo que llevo queriendo hacer desde el momento en que la he visto.

–Yo... –Estrella trató de protestar, pero las palabras se le ahogaron en la garganta cuando la boca de Ramón cubrió la suya, apoderándose de sus labios con salvaje deseo.

Para Estrella el mundo dejó de existir, sólo era consciente de la sensación de placer que la envolvía.

Y de Ramón.

Ramón, alto, moreno y fuerte, con los brazos alrededor de su cuerpo y respirando junto a su rostro.

Incapaz de contenerse, Estrella le devolvió el beso. Abrió la boca y le acarició la lengua con la suya, toda la boca...

Ella deslizó las manos por debajo de la chaqueta y empezó a acariciarle los hombros. Insatisfecha, le rodeó el cuello y enterró los dedos en los oscuros cabellos de Ramón.

–Ramón...

Fue un susurro apenas audible.

–Ramón... –Estrella suspiró y sintió la suave risa de él contra su mejilla antes de que Ramón volviera a apoderarse de sus labios.

Impulsada por un salvaje deseo que le surgía del bajo vientre y descendía hasta la entrepierna, no pudo evitar apretarse contra él hasta sentir la abultada evidencia de desear algo más que un beso.

El ronco e incoherente sonido que escapó de la garganta de Ramón como respuesta avivó aún más la pasión de ella, haciéndola ahondar el beso.

Con las manos debajo de los pechos de ella,

Ramón la empujó hacia atrás hasta pegarla contra la pared. Estrella debería haberse sentido acorralada, pero la sensación que la invadió fue exactamente la opuesta.

Anhelaba más. Más de esa pasión, de esa fuerza. Quería más de la pulsante dureza que sentía en la pelvis y la hacía frotarse contra él. Quería más de las sensaciones que la tenían casi mareada.

Quería más besos de Ramón, más caricias. Quería que sus manos ascendieran hasta sus senos para masajeárselos. Su deseo la hizo gemir.

Pero al momento, con horror, sintió como si ese gemido hubiera sido una bofetada para Ramón... o un grito de advertencia para que se detuviera. Porque, de repente, Ramón se quedó muy quieto, alzó la cabeza y la miró a los ojos.

Esa fría mirada la hizo volver a la realidad. Luchando desesperadamente por vencer la angustia que sintió ante su propio comportamiento, Estrella hizo un esfuerzo por recuperar la compostura y fingir indiferencia.

–Dios mío –murmuró Ramón con voz entrecortada–. Dios mío.

Estrella parecía tan confusa como él mismo se sentía, pensó Ramón luchando por recuperar la razón. La fiera e indómita pasión que sentía le había hecho perder el control sobre sí mismo.

Había sido algo súbito, pero no inesperado. Había sido lo que había querido casi desde el momento de clavar los ojos en ella. Todo lo que quería y más.

La había deseado y había sido incapaz de reprimir la necesidad de besarla. No había logrado contenerse cuando se le había presentado la oportunidad de tenerla en sus brazos.

Lo que no había esperado era la respuesta de Estrella. Había supuesto que besarla sería como besar una piedra, algo frío y duro, y completamente pasivo.

Por el contrario, se había encontrado con puro ardor en los brazos; Estrella había ardido como una llama. De repente, él se había encontrado sin saber dónde estaba ni quién era, sin saber lo que estaba ocurriendo. Todo su ser se había concentrado en un deseo: conocer a esa mujer íntima y totalmente. De haber dejado transcurrir un segundo más, le habría arrancado la ropa a tirones, la habría tirado el suelo y se habría vaciado dentro de su cuerpo.

Fue ese pequeño gemido de Estrella lo que le recordó quién era y con quién estaba. Al darse cuenta de ello, recuperó en parte la razón perdida y se obligó a apartar los labios de esa mujer mientras, desesperadamente, trataba de contener el doloroso deseo.

–Bueno, ¿qué le ha parecido? –dijo Ramón con forzada indiferencia, como si no le hubiera afectado la pasión que se había desencadenado entre los dos.

Sólo ignorando su aún vivo deseo pudo Ramón continuar.

–Las negociaciones están cerradas. La reunión ha llegado a su fin –dijo él haciéndose eco de las palabras de Estrella–. Querida doña Estrella, ¿es así como despide siempre a sus posibles socios? ¿Con un beso?

–Yo...

Estrella abrió la boca para responderle, pero las palabras se ahogaron en su garganta. Tragó saliva.

–Yo no lo he besado –consiguió decir ella por fin–. Si no recuerdo mal, ha sido usted quien me ha besado. Y otra cosa, no somos socios.

–Por supuesto que no lo somos –confirmó Ramón con una cínica sonrisa–. No obstante, me gustaría recordarle que ha respondido a mi beso... y sin reticencia alguna.

Ramón, manteniéndola cautiva con la mirada, sonrió más ampliamente.

–Yo no me casaría con usted por nada del mundo –dijo él de nuevo recordándole a Estrella lo que le había dicho–. Quizá no matrimonio, señorita Medrano, pero apostaría a que, si le pidiera que se acostara conmigo, usted no tendría inconveniente.

Estrella tomó aire y abrió la boca para protestar, pero Ramón la interrumpió antes de que pudiera pronunciar palabra.

–Sin embargo, por mucho que me apetezca lo que usted puede ofrecer, me temo que no va a ser posible. Si hay algo que me ha enseñado besarla es que tenía razón, cualquier trato que tuviera algo que ver con usted sería demasiado caro.

Ramón iba a tener que rezar para que Estrella le creyera, incluso para creer él mismo en sus palabras.

Con un gran esfuerzo, Ramón se obligó a alejarse de ella... Pero no antes de oírle decir:

–Ni aunque mi vida dependiera de ello, señor Dario. Le he hablado sinceramente y, para que yo cambie de idea, se necesita mucho más que un beso.

–En ese caso, al menos estamos de acuerdo en algo.

¿A quién estaba intentando engañar?, se preguntó Estrella mientras veía a Ramón salir y acercarse a la escalinata para salir de la casa.

«Ni aunque mi vida dependiera de ello, señor Dario», se repitió a sí misma en silencio mientras sacudía la cabeza con desesperación.

Nada estaba más lejos de la verdad.

Había estado dispuesta a dejarle hacerle lo que quisiera. Con que Ramón la hubiera besado un poco más y la hubiera seguido acariciando, ella habría hecho lo que él hubiera querido.

Aún lo haría, pensó temblando de temor. Lo haría si Ramón volviese. Si le oyera subir las escaleras en vez de bajar hasta el vestíbulo. Si apareciese en el otro extremo del pasillo con los brazos abiertos, ella correría hacia él, dispuesta a lo que Ramón quisiera.

–¡Maldito seas, Ramón Dario! –exclamó Estrella.

Esas palabras salieron de ella con furioso sentimiento, pero no sabía si lo que sentía era enfado o frustración física. Enfadada consigo misma, cerró la puerta de golpe.

–¡Maldito seas, maldito seas, maldito seas! –repitió Estrella.

¿Qué le había pasado con ese hombre?

Tiempo atrás, había creído estar enamorada de Carlos Perea, pero había insistido en esperar...

Pero no estaba enamorada de Ramón. ¿Cómo podía estarlo sin conocerlo? Ni siquiera había pasado con él media hora, eso sin contar con que era uno de los candidatos que su padre había considerado apropiados para casarla.

Pero el tiempo no significaba nada en lo que a Ramón se refería. Había sido algo a primera vista. Había sido como si, de repente, hubiera comprendido que el destino había puesto a ese hombre en su camino. Como si su cuerpo hubiera reconocido a su otra mitad.

No obstante, sabía que se estaba engañando. Ramón Dario y ella no volverían a verse jamás.

La idea debería haberlo calmado.

Pero tuvo el efecto contrario.

Capítulo 3

RAMÓN cerró la puerta con el pie, tiró las llaves en la consola y se pasó las manos por el rostro antes de pasear la mirada por el vacío y silencioso piso con expresión sombría.

Llevaba dos semanas fuera de sí. No sabía explicar los sentimientos que le turbaban. Lo único que sabía era que no era el mismo.

Hasta hacía dos semanas controlaba su vida; todo bien organizado, todo tal y como él quería que fuese.

Salvo una excepción.

Una excepción que le había impedido conseguir la cadena de televisión Medrano. Y esa excepción le había trastornado la vida.

No.

Se mesó los cabellos y se frotó las sienes para aliviar la tensión que desde hacía días se había apoderado de él.

No era la cadena de televisión la culpable de la pérdida de control, sino Estrella Medrano. Ella era la culpable de que su vida no fuera como antes.

Necesitaba una copa.

De camino hacia la cocina para abrir una botella de vino, del mejor que la viña de su hermano Joaquín producía, vio la luz parpadeante del contestador automático y, al mirar, vio que tenía cinco mensajes.

No le sorprendió. Estaba tan distraído últimamente, que apenas había pasado tiempo en su casa; cuando no estaba trabajando, estaba en casa de su padre y visitando a Joaquín para ver cómo se recuperaba del reciente accidente que había sufrido.

Ramón pulsó el botón de escucha de los mensajes y continuó el camino hacia la cocina.

—Ramón, ¿dónde te has metido?

Ramón sonrió al oír la voz de su otro hermano. Alex, que acababa de ser padre por primera vez, se pasaba el día entero hablando de la niña con la familia. Esa semana, se había perdido unas cuantas noticias y Alex estaba determinado a ponerle al día.

Ya había abierto la botella de vino y se estaba sirviendo una copa cuando empezó el segundo mensaje.

—¿Señor Dario?

Era una voz de mujer, titubeante y baja.

Ramón dejó la botella en el mostrador, alzó el rostro y miró hacia la puerta, toda su atención en el mensaje.

La última vez que había oído esa voz había sido en el elegante castillo de Medrano.

Empezó a recordar los acontecimientos que tuvieron lugar allí.

¡Maldición! No se había enterado de lo que decía el mensaje. ¿Qué habría impulsado a Estrella Medrano a llamarlo después de haberle dicho que jamás volverían a verse?

El tercer mensaje se refería a una cuestión de trabajo de poco interés e importancia.

El cuarto...

—¿Señor Dario? He estado intentando ponerme en contacto con usted.

¡Estrella lo había llamado otra vez!

No le dijo nada, sólo que ya lo había llamado y que volvería a intentarlo. No había dejado número de teléfono ni le había pedido que la llamara.

Iba a pulsar la tecla para oír el primer mensaje que ella le había dejado cuando sonó el timbre de la puerta, volviendo a interrumpirlo.

Al abrir se quedó de piedra. Se trataba de la última persona a la que hubiera esperado ver.

—¡Es usted!

Estrella Medrano estaba en el descansillo. Llevaba unos pantalones vaqueros gastados, camiseta y las manos en los bolsillos de una chaqueta de lino.

—¿A qué ha venido?

—Creí que lo sabía.

—¿Cómo voy a saberlo?

La voz le había salido dura, pero había pasado un mal día al cabo de un par de semanas difíciles y no estaba de humor para cortesías con una mujer que, la última vez que le había visto, le había dicho que no quería volver a verlo nunca.

—Entiendo. En fin, si le resulta inconveniente en estos momentos, será mejor que me vaya...

–No.

¿Qué le pasaba? Había abierto la boca para decir que sí, pero había respondido que no.

El subconsciente se había apoderado de él.

–Pase.

Notó que la voz le traicionaba. Dejaba adivinar la incómoda sensación que la presencia de esa mujer le causaba. Verla le hizo recordar las desasosegadas noches que había tenido que soportar desde su visita al castillo de Medrano.

Al salir del castillo, no había podido borrarla de sus pensamientos. Estrella lo acosaba durante el día y le perturbaba durante las noches; su hermoso rostro y su alto y esbelto cuerpo ocupaban sus sueños. Unos sueños repletos de las imágenes más eróticas que había imaginado en su vida. Imágenes de sí mismo con esa mujer juntos en la cama, el sedoso cuerpo de ella junto al suyo, las piernas entrelazadas y su boca en...

–¡No! –dijo él, consciente de que respondía a sus propios pensamientos–. No me resulta inconveniente en absoluto.

El aroma del perfume de ella al pasar por su lado casi le hizo perder el control. Ramón tragó saliva y trató de ignorar el deseo que esa mujer despertaba en él. Esperaba que Estrella dijera lo que tuviera que decirle y se marchara inmediatamente.

Tal y como estaban las cosas, sabía que le esperaba otra mala noche de la que se despertaría bañado en sudor. Tomó un sorbo de vino de la copa que tenía en la mano en un esfuerzo por refrescarse.

–¿Le apetece algo de beber? –preguntó Ramón, recordando sus modales.

–Bueno, gracias.

El tono de ella parecía haber sido de agradecimiento. Lo que quería decirle debía ser importante para haberla hecho ir a su casa.

–¿Una copa de vino tinto?

–Perfecto.

–Voy por una copa.

Con horror vio que ella lo seguía hasta la cocina, a pesar de haber esperado contar con unos minutos a solas para recuperar la compostura. Sentía un incómodo picor en la piel y se debía a ella.

La camiseta blanca que Estrella llevaba se ajustaba a sus senos y subrayaba su estrecha cintura. Sus nalgas enfundadas en los vaqueros le producían casi agonía. El largo y lustroso cabello negro estaba recogido en una cola de caballo, dejando al descubierto sus perfectos rasgos. Un ligero maquillaje realzaba los prominentes pómulos de esa mujer y las curvas seductoras de su boca.

Después de servirle la copa de vino, Ramón la condujo hasta el cuarto de estar y la invitó a sentarse en un sillón de piel; pero él permaneció de pie, apoyado contra la chimenea.

–Bueno, ¿a qué debo el honor de esta visita? –preguntó Ramón al darse cuenta de que ella no parecía inclinada a romper el incómodo silencio–. Supongo que se trata de algo en particular, que no ha venido a ver cómo vivimos los simples mortales.

–No, no es por eso.

–En ese caso, ¿le importaría decírmelo?

¿Cómo iba a decírselo?, se preguntó Estrella en silencio. La idea le había parecido perfecta cuando se le ocurrió, pero ahora se le antojaba algo imposible. Tan pronto como Ramón abrió la puerta, su confianza en sí misma se desvaneció.

Se le había olvidado lo alto que era, lo imponente; y aún en el caso de haber estado preparada, el impacto de su perfecto rostro le habría quitado el sentido. Era evidente que Ramón acababa de volver de su oficina o de algún lugar similar, y la camisa gris y los pantalones del traje hacían resaltar su corpulencia varonil.

No llevaba puesta la chaqueta, debía habérsela quitado; llevaba aflojada la corbata granate y negra, y también se había desabrochado el botón superior de la camisa. El trozo de garganta que se le veía mostraba una piel dorada por el sol.

Se le había secado la boca de mirarlo, y los nervios por lo que tenía que decirle no ayudaban.

–¿Y bien? –insistió Ramón con clara impaciencia–. ¿A qué ha venido?

–Yo... necesito hablar con usted.

–¿Sobre qué? ¿Sobre otra proposición matrimonial?

Estrella tragó saliva.

–Yo... –pero la voz se le quebró.

Ni siquiera otro sorbo de vino la ayudó.

–¿Qué ocurre, señorita Medrano? ¿La ha enviado su padre para tratar de convencerme de que acepte su propuesta? ¿O es que usted no se ha atrevido a decirle que la he rechazado y su padre quiere conocer mi respuesta?

Dolida por el tono de voz de él, Estrella intentó enderezarse en el asiento, obligándose a mirarle a los ojos grises.

–Mi padre no sabe que he venido.

Eso le sorprendió y, durante un segundo, se le notó en la expresión. Pero al momento, Ramón recuperó el control y la miró fríamente.

–¿No lo sabe? En ese caso, ¿dónde piensa que está usted?

–Con unas amigas. Le he dicho que venía a la ciudad a ver a una antigua amiga del colegio.

–Y la antigua amiga del colegio soy yo, ¿no?

–Mmmmm.

Fue lo único que Estrella consiguió pronunciar, la voz la había abandonado de nuevo.

–No sólo se presenta en mi casa sin previo aviso, a pesar de haberme dicho que no quería volver a verme nunca, sino que también ha mentido a su padre al respecto. Supongo que no le extrañará que me pregunte por qué es tan importante esta visita para usted.

Tenía que decírselo ya. Estrella volvió a beber un sorbo de vino con la esperanza de que le diera el valor que necesitaba. Todavía no había decidido cómo iba a exponer el asunto. La idea, que se le había ocurrido en la oscuridad de la noche en su dormitorio del castillo, le había parecido la solución perfecta. Pero ahora, a la luz del día, en el elegante piso de Ramón y delante de él, su convicción la había abandonado.

Fue entonces cuando recordó cómo había pensado enfocar el tema. Iba a empezar, y si veía que no iba a funcionar, podía callar sin haber dicho lo realmente importante.

Eso le hizo recuperar algo de confianza en sí misma y encontrar el valor necesario para comenzar.

—Yo... he venido a pedirle disculpas.

Ramón se sorprendió, no había esperado eso. Se quedó muy quieto, con la copa de vino alzada, mirándola fijamente. Después, sacudió la cabeza.

—Me parece que no la he oído bien. Me ha parecido oírle...

—Que he venido a disculparme.

No la creía. Los ojos grises de Ramón estaban llenos de escepticismo.

—¿Disculparse por qué?

Estrella empezó a perder de nuevo la compostura y bebió otro sorbo de vino para darse fuerzas. Pero el temor volvió a apoderarse de ella, ahogándola, haciéndola colocar la copa de vino encima de la mesa.

—Disculparme por... el comportamiento de mi padre y el mío... cuando usted vino al castillo. No deberíamos haber... Me he sentido muy mal.

Estrella clavó sus grandes y oscuros ojos en los marcados rasgos del rostro de Ramón. La expresión de él permaneció inescrutable y dura.

—Yo... lo siento.

Estrella deseó que Ramón dijera algo, lo que fuera, cualquier cosa. Sin embargo, le vio vaciar su copa antes de tomar asiento en el enorme sofá que hacía juego con el sillón que ella ocupaba. Le vio adoptar una postura de cómodo abandono con las piernas estiradas y cruzadas a la altura de los tobillos.

Pero los ojos de Ramón permanecieron vigilantes.

—Ramón... —dijo ella, incapaz de seguir soportando el silencio reinante.

Pero Ramón la interrumpió.

—Repita lo que ha dicho —ordenó él con brusquedad—. Diga de nuevo lo que acaba de decirme.

¿Qué quería ese hombre... prueba de su honestidad? ¿O sólo quería humillarla por medio de hacerla repetir una y otra vez la razón por la que había ido?

—¿Que quiero pedirle disculpas? Así es. Quiero hacerlo. Mi padre ha cometido un error al preguntarle...

—Hizo algo más que preguntarme.

—Lo sé. Le puso como condición para venderle la cadena de televisión que se casara conmigo. Jamás debería haberlo hecho. Y yo...

El coraje que necesitaba casi la abandonó. Hizo una pausa para respirar profundamente antes de encontrar las fuerzas necesarias para proseguir.

—No debería haber reaccionado como lo hice.

Esos ojos grises seguían clavados en ella, examinándola.

—Casi podría creer en la sinceridad de sus palabras —dijo Ramón por fin.

—¡Estoy siendo sincera!

Estrella quería que la creyera. Necesitaba que él la creyera. De no ser así, sus esperanzas se verían truncadas.

–Le repito que he sido sincera –le aseguró Estrella inclinándose hacia delante en su asiento con los ojos fijos en él–. Espero que me crea.

Pero Ramón no pareció inmutarse. Sin contestarle, se limitó a seguir mirándola fijamente, a la espera. Hasta que el silencio se le antojó a ella insoportable.

–Mi padre no debería haberle puesto esa condición, al margen de los motivos que haya tenido para hacerlo. Y yo debería haberle dicho desde el principio que lo sabía; bueno, mejor dicho, que suponía que mi padre iba a hacer lo mismo que había hecho con anterioridad. Debería habérselo dicho desde el momento en que lo vi.

–Pero no lo hizo.

–No, no lo hice.

–¿Le importaría decirme por qué?

¿Quería decírselo? ¿Estaba dispuesta a decírselo? Y más importante aún, ¿hasta qué punto podía explicarle la situación? No lo sabía.

–Yo... –el coraje volvió a fallarle.

En vez de proseguir, Estrella agarró la copa de vino y bebió lo que le quedaba.

–Preferiría que no se emborrachara –comentó Ramón burlonamente–. No me gustaría tener que llevarla a su casa completamente ebria.

–¡No estoy borracha! –protestó ella indignada, a pesar de sentir un intenso calor subiéndole hasta las mejillas.

–Le falta poco. Vamos, dígame, ¿tan terrible es lo que tiene que decirme que necesita emborracharse para hacerlo?

Le resultaría más fácil borracha, reconoció Estrella para sí misma. Cierto grado de embriaguez le haría menos difícil la tarea de decirle a ese hombre que no había dejado de pensar en él ni un momento desde que se conocieron, que no había noche que no soñara con él. Había intentado olvidarlo, pensar en cualquier cosa menos en él, pero no lo había conseguido. Estaba obsesionada con él.

Pero no se atrevería a admitir eso; al menos, mientras esos ojos grises siguieran examinando cada gesto suyo.

Sintiéndose sumamente incómoda, Estrella dejó la copa en la mesa y se la quedó mirando para evitar los ojos de Ramón.

–¿Y bien, doña Medrano? –inquirió Ramón pronunciando provocativamente el «doña», retándola.

–¡Sabe perfectamente cómo empezó todo esto! ¡Todo el mundo lo sabe! Por eso es por lo que mi padre está empeñado en sobornar a cualquier para que se case conmigo. Lo sabe, no lo niegue. Fue usted mismo quien sacó a relucir a Carlos en la conversación el otro día.

Ramón le había dicho que no quería los restos dejados por Carlos Perea, palabras que le dolieron como puñaladas en el corazón. Y ahora, al mirarle a los ojos, vio la misma expresión de desdén en él.

–Vaya, volvemos a hablar de Perea. Realmente me gustaría conocer la verdad de lo que pasó. ¿Qué ocurre... quiere negar lo que hubo entre usted y él? ¿Va a decirme que se trata sólo de rumores sin fundamento?

«¡Ojalá pudiera!», pensó Estrella.

–No –murmuró ella con pesar–. No voy a negarlo, no podría.

–En ese caso, ¿va a explicarme por qué tuvo relaciones con un hombre casado e hizo que abandonara a su mujer y a sus tres hijos... por usted?

–Dos –le corrigió Estrella en voz baja y a la defensiva–. Dos hijos.

–¿Y eso cambia en algo las cosas?

–No, en nada.

No había nada que le tranquilizara la conciencia. Y tampoco parecía haber nada con lo que lograra limpiar su nombre y su reputación.

–Exacto, en nada –dijo Ramón con cinismo al tiempo que se levantaba del sofá, alejándose de ella como si no pudiera soportar la proximidad–. Supongo que a usted no le importó destrozar la vida de su mujer y de sus hijos cuando les dejó para irse con usted. No, eso no le importó, ¿verdad? Usted consiguió lo que quería y le dio igual la tragedia que pudiera suponer para otras personas.

Estrella no había creído posible sufrir aún más de lo que había sufrido ni que el recuerdo de lo ocurrido le pesara aún más de lo que le había pesado. Pero jamás se había sentido tan mal como se sentía en ese momento; tan desolada, tan desdeñada... Ni siquiera cuando descubrió la verdad respecto a Carlos la realidad le pareció tan sórdida como ahora, al oír las palabras de Ramón.

No podía soportarlo más. Se levantó del asiento, se obligó a mantener la cabeza alta y le retó con la mirada.

—No fue como usted piensa, señor Dario.

Se alegró del control de su voz. Había dejado de titubear, aunque con esfuerzo.

—¡No fue así en absoluto! Pero, por supuesto, no espero que me crea. Me había preguntado si usted sería diferente a los demás, ahora sé que no. ¡Ahora sé que estaba equivocada! Usted no es diferente, es igual que los demás, igual que mi padre...

—¡No, de eso nada!

Había encontrado un punto débil en Ramón. Él estaba furioso. Sus ojos grises lanzaban chispas.

—¡Sí, claro que sí! —le espetó ella—. Usted ve lo que quiere ver, cree lo que quiere creer. No le interesa examinar las cosas y descubrir la verdad.

—¿Acaso quiere decirme que...?

—No quiero decirle nada, excepto buenas noches.

Estrella se dio media vuelta y agarró su bolso dispuesta a marcharse.

—Buenas noches, señor Dario —logró decir apretando los dientes—. Gracias por la copa de vino. Me gustaría decirle que ha sido un encuentro agradable, pero prefiero no mentir.

Estrella pensó que iba a dejarla partir. Cuando él se quedó observándola mientras cruzaba la estancia, lo creyó. Y, por supuesto, sus esperanzas de que él la ayudara se habían visto frustradas.

Pero no era eso lo que hizo que las lágrimas

afloraran a sus ojos cruelmente, sino saber que, una vez más, su empeñó en convencer a alguien de que no era la clase de persona por quien se la tomaba se había visto frustrado. Y aunque casi era un desconocido, no soportaba la idea de que Ramón se contara entre la lista de todos aquellos que la habían condenado sin oír su versión de los hechos.

Ahora ya no le quedaba nada.

El camino hacia la puerta se le antojó interminable.

—Estrella.

No había esperado volver a oír la voz de Ramón y, al principio, dudó de haberla oído. Pero cuando él volvió a hablar, se convenció.

—Estrella, no te vayas.

Era la primera vez que la tuteaba y ella se detuvo. Era la primera vez que la había llamado por su nombre de pila, y oír su nombre de los labios de él le pareció un sonido perfecto. El corazón empezó a latirle con fuerza.

Sin embargo, no se atrevió a volverse y mirarlo. Tenía demasiado miedo de ver lo que hubiera en sus ojos. Si iba a marcharse, prefería hacerlo en ese momento.

Si titubeaba, quizá jamás volviera a poder moverse.

Capítulo 4

ERA la primera vez que la llamaba por su nombre de pila, pensó Ramón con asombro. La primera vez que pensaba en ella como la hija de Alfredo Medrano, que no se dirigía a ella burlonamente llamándola doña Medrano.

O que no pensaba en ella como la mujer que esperaba que le propusiera matrimonio.

Fue una sorpresa.

¿Acaso nunca había visto a la persona que había en esa mujer? La había besado, había soñado con ella, pero... ¿la había visto tal y como era?

Ahora estaba inmóvil, de cara a la puerta, de espaldas a él. Lo único que podía ver era su esbelto cuerpo, la curva de sus caderas y sus largas piernas, una cascada de cabello negro. Pero no podía verle el rostro.

¿Había visto realmente su rostro? ¿La había mirado de verdad?

¿Quién era Estrella Medrano? ¿Quién era esa mujer con quien prácticamente se le había ordenado, de modo tan arrogante, que se casara? Algo que le había puesto en contra de Estrella desde el principio.

–No te vayas –repitió Ramón con más firmeza–. No te vayas así. Quédate.

Despacio, muy despacio, Estrella giró sobre sus talones hasta darle la cara. Tenía los ojos demasiado brillantes y su rostro estaba pálido.

Otra cosa que no había visto en ella.

–¿Que me quede? –inquirió Estrella–. ¿Para qué?

Tenía la expresión de un animal acorralado mientras lo miraba con aprensión, casi con temor.

–¿Has cenado?

Ella se limitó a negar con la cabeza.

–Yo tampoco. Y creo que los dos necesitamos comer algo para contrarrestar los efectos del vino.

Otro silencioso movimiento de cabeza, esa vez afirmativamente.

–De acuerdo.

Para ir a la cocina Ramón tenía que pasar por su lado y ella lo observó en silencio, con incertidumbre.

A Ramón no le gustó cómo se sentía. Ninguna mujer había reaccionado así con él. Había habido muchas mujeres en su vida a lo largo de los años, mujeres con las que había hablado sin dificultad, fáciles de seducir. Pero Estrella se comportaba como un felino: a veces, sentada en un sillón, suave y delicada; en otras ocasiones, sacaba las uñas y amenazaba como un tigre, sus ojos negros llenos de fuego.

–No voy a hacerte daño –se vio obligado a decir él.

Quería hacer que Estrella se tranquilizara.

–No te preocupes, no pensaba que lo pretendieras –dijo ella en voz muy queda.

–¿Qué has querido decir con eso?

Ramón estaba justo frente a ella y pudo ver la turbulencia de su mirada, la tensión reflejada en su rostro.

–Estrella... –insistió él cuando la vio vacilante.

–He querido decir que... que a veces eres como los otros, que sólo ves lo que tienes delante de la cara.

–¿Los otros? ¿Te refieres a los otros hombres con los que tu padre ha querido casarte? ¿Los otros hombres a los que ha querido comprar?

La idea de ser uno más en esa lista casi le repugnó.

–¡Maldita sea, Estrella, yo no soy así!

–¿No? –dijo Estrella retadoramente mientras cruzaba los brazos–. ¿Estás seguro?

–¡Claro que estoy seguro! Los otros querían lo que tu padre podía ofrecerles, te pidieron que te casaras con ellos.

–¿Y cuál es la diferencia? ¿En qué sentido no eres como ellos? Dime qué estabas haciendo en la sala, por qué me mandó mi padre a hablar contigo. ¿Qué ibas a hacer?

–Desde luego, lo que puedo asegurarte es que no iba a hacer lo que tu padre me pidió.

–¿En serio... no ibas a pedirme que me casara contigo?

–¿Acaso no oíste lo que te dije? No, no iba a hacerlo. Quieres saber qué me diferencia de los otros, ¿no? ¡La diferencia es que tu padre consiguió comprarlos! Ellos te pidieron la mano, pero yo no.

–Porque...

–No.

Ramón bajó la mano bruscamente, con gesto de dejar clara la cuestión.

–No fue porque no tuviera la oportunidad ni por cómo reaccionaste. ¡No te propuse matrimonio porque no quería hacerlo!

Jamás habría accedido a la propuesta de Alfredo Medrano, aún recordaba cómo le había insultado aquel hombre durante su encuentro.

–Mi empresa no es para alguien como usted –le dijo Medrano–. El terreno donde está la empresa de televisión ha pertenecido a la familia Medrano durante años. No estoy dispuesto a vendérselo a un don nadie que, por lo que he oído, ni siquiera tiene derecho a llevar el apellido que lleva y que acaba de ganar su primer millón.

Ramón se había dado la vuelta para marcharse cuando oyó a Medrano sugerirle que, si se casaba con Estrella, obtendría la cadena de televisión.

–No iba a pedirte que te casaras conmigo, ni siquiera cuando tu padre me ofreció la empresa de televisión por la mitad del precio que pedía si también me quedaba contigo.

La expresión de Estrella era de perplejidad. El se le había acercado mientras hablaba. Ahora, estaba tan cerca, que podía ver en sus labios la marca que sus blancos dientes habían dejado en ellos.

Durante unos momentos, Ramón tuvo la tentación de acariciarle la boca con la yema de un dedo. Pero Estrella no se lo iba a permitir. Si lo intentaba, lo más probable era que ella se diera media vuelta y saliera de su casa en un abrir y cerrar de ojos.

—Pero... sé lo mucho que deseas adquirir la empresa.

—Sí —admitió Ramón asintiendo enfáticamente—. Sí, la quería. En su momento, me parecía lo más importante del mundo.

Ramón pensó en lo mucho que había deseado comprar la cadena de televisión.

—¿No hay otra cosa que quieras tanto?

—Nada que se le aproxime. Sentí mucho perder la oportunidad, aún lo siento.

—¿Por qué?

Ramón suspiró y se pasó una mano por el cabello.

—Bueno... es una larga historia.

—Tengo toda la noche.

Parecía sincera. Lo extraño era que le pareció que realmente podía decírselo, que podía hablarle de algo referente a sí mismo y a la complicada historia de su familia.

—¿En serio quieres que te lo cuente? De ser así, será mejor que vuelvas a sentarte.

Estrella lo siguió a la zona donde estaba la chimenea y ambos volvieron a ocupar los asientos que habían ocupado antes. Ramón agarró la botella de vino, volvió a llenar las copas de ambos y empujó la de Estrella hacia ella. Después de beber, buscó las palabras adecuadas para comenzar.

—Para entenderlo, antes tienes que saber algo respecto a mi familia.

—Sé que tu madre era inglesa y tu padre...

—Si te refieres a Rodrigo Dario... no es mi padre; es decir, no es mi padre natural.

La expresión de sorpresa de Estrella le indicó que no lo sabía.

—En ese caso, ¿quién...?

—Juan Alcolar.

—¿De la empresa Alcolar?

—El mismo.

Ramón clavó los ojos en su copa y empezó a girar el vino que contenía.

—Mi madre y él tuvieron relaciones y yo fui el resultado. Pero mi madre estaba casada con Rodrigo, y éste le hizo prometer mantenerlo en secreto.

—Entonces, ¿te criaste creyendo que Rodrigo Dario era tu padre?

Ramón asintió lentamente.

—Y en los papeles consto como hijo suyo. Pero no podía serlo porque Rodrigo no podía tener hijos.

—¿Y tu madre nunca te lo dijo?

—No tuvo oportunidad de hacerlo, murió cuando yo era muy pequeño. Pero me dejó una carta para que la leyera al cumplir los veintiún años. Fue entonces cuando me enteré.

—¿Cómo te sentiste?

Ramón le lanzó una mirada de soslayo.

—¿Cómo crees que me sentí? ¿Cómo te sentirías tú si, de repente, te enterases de que tu padre no es tu padre?

Estrella reflexionó un momento y luego sacudió la cabeza.

—Me sentiría perdida —respondió ella.

—Así es exactamente como me sentí yo. De repente, era como si no supiera quién era ni a qué familia pertenecía. Rodrigo y yo nunca nos habíamos llevado bien, éramos demasiado diferentes. Yo quería trabajar en los medios de comunicación y él quería que me dedicara a algo «serio»; por ejemplo, a la contabilidad, como él. No parábamos de discutir. Empecé a comprender el porqué cuando me enteré de que mi verdadero padre era don Juan Alcolar.

Una vez más, esos grises ojos la miraron.

—Verás —continuó él con sombría ironía—, tú padre habría estado más inclinado a venderme su empresa si hubiera sabido que pertenezco a otra de las grandes familias de Cataluña. Una familia con un título aún más antiguo que el de Medrano y también metida en los medios de comunicación.

—¿Por eso querías la empresa, para formar parte del imperio Alcolar?

Ramón sacudió la cabeza.

—No, en absoluto. La quería para tener algo mío, algo que no me viniera de la familia Alcolar, sino que fuera el producto de mi propio trabajo. Cuando fui a ver a mi padre, a mi verdadero padre, él me acogió en el seno familiar. Me parece que le encantó que a un hijo suyo le interesase el mismo negocio que a él. A Joaquín no le gusta; se marchó al campo, se metió en el negocio de los viñedos y también tiene una empresa de exportación de vinos. En cuanto a Alex... en fin, Alex tiene su puesto en la empresa.

—¿Alex? —preguntó Estrella con curiosidad al ver que Ramón sonreía.

—Alex es mi otro hermanastro, de otra mujer. Ya te advertí que es complicado.

—Así que... la empresa de televisión de mi padre habría sido sólo tuya, no parte de las empresas Alcolar.

—Exacto. Habría sido algo realmente mío, ni de Alcolar ni de Dario. Mío. Mi padre me habría dado parte de la corporación Alcolar, pero no es lo que quiero. Lo que quiero es ser igual que él en el mundo en el que se desenvuelve, me refiero a mi verdadero padre.

La expresión de Ramón reveló más que cualquier palabra lo que sentía.

—Así que ahora ya sabes el porqué de que deseara tanto comprar la empresa de tu padre.

Estrella vio la oportunidad perfecta para contarle su plan. Respiró profundamente, enderezó los hombros y decidió hacer lo que tenía que hacer.

—¿Y si te dijera que no es necesario que renuncies a lo que tanto deseas?

Lo había dicho, pensó ella con un escalofrío de temor por la reacción que él pudiera tener.

—¿Qué? —dijo Ramón con perplejidad—. ¿Qué has dicho?

—Ramón, ¿qué harías si supieras que hay una forma de conseguir lo que quieres?

—¿Cómo?

–¿Que cómo?

Estrella sintió la boca seca de repente. Tragó saliva, pero no le sirvió de nada. No lograba recuperar la voz.

–Estrella, ¿qué demonios estás diciendo? Eso es imposible. Sabes perfectamente lo que ha pasado, sabes que tu padre se ha negado a venderme la cadena de televisión.

–Creo que podrías convencerle para que cambiara de idea.

–¡Te has vuelto loca! –exclamó Ramón sin darle crédito–. Me dijo que no iba a venderme la empresa.

–A no ser que cumplieras con una condición.

–¿Una condición? –repitió él con incredulidad–. Estrella, sabes muy bien cuál era la condición. Tu padre quería que...

–Quería que te casaras conmigo –concluyó ella mientras Ramón sacudía la cabeza–. Mi padre te dijo que sólo te vendería la empresa si accedías a casarte conmigo.

–¿Quieres decir que estás de acuerdo con eso, que te someterías a su voluntad?

¿Estaba diciendo eso? ¿Estaba dispuesta a hacer semejante cosa? Eso había pensado al presentarse en casa de Ramón.

Estrella hizo acopio del valor que le quedaba.

–Sí, eso es exactamente lo que estoy diciendo.

–¿Quieres que me case contigo?

–Sí, eso es lo que quiero.

Capítulo 5

RAMÓN... por favor!
Fueron las únicas palabras que Estrella pudo pronunciar. Vio la expresión de rechazo en los ojos de Ramón, en la tensión de los músculos de su rostro.

–Se trata de una broma, ¿no?

–No.

Estaba perdiendo la confianza en sí misma por momentos. De repente, se sintió perdida y sumamente desilusionada. Había puesto todas sus esperanzas en aquella idea y ahora lo había perdido todo.

–No es una broma.

–Entonces, ¿hablas en serio?

Ramón se puso en pie bruscamente y se acercó a la ventana. Entonces, con la misma brusquedad, se dio media vuelta.

–¿Qué motivos tienes para sugerir algo así? ¿Qué clase de locura...?

–No es una locura –lo interrumpió ella con desesperación, poniéndose en pie para no sentirse tan intimidada por él–. ¡No es una locura, Ramón! Podría salir bien. Tú conseguirías lo que quieres y yo...

–Eso es lo que no entiendo. ¿Qué es lo que conseguirías tú?

–Mi libertad.

Dos palabras sencillas, pero que tanto significaban para ella.

–¿Libertad?

–Sí. Ya has visto lo que pasa. Has visto cómo es mi padre, hasta qué punto está dispuesto a llegar para casarme, para recuperar el buen nombre de nuestra familia que, según él, yo he manchado.

–Por lo que veo, no te va tan mal. Has conseguido rechazar a todos los que te han propuesto matrimonio.

–Ramón, tú sólo sabes parte de lo que ocurre, pero no todo.

Las piernas empezaron a fallarle y Estrella volvió al sillón que estaba junto a la chimenea y se sentó en el brazo. Ramón, cruzando los brazos, se quedó donde estaba, observándola.

–Tú no sabes lo que pasa cuando estoy con mi padre a solas en casa oyendo sus sermones y aguantando sus ataques de cólera. No deja de decirme lo decepcionado que está conmigo, la forma en que he manchado el buen nombre de la familia.

Estrella suspiró y continuó.

–Mi padre no va a darse por vencido. Va a seguir intentando comprar a cualquier para casarme. Y tú tampoco has visto lo que tengo que aguantar cuando me proponen matrimonio. No has visto cómo me miran, como si fuera un animal a subastar mientras se preguntan si vale la pena el precio de lo que se podrían llevar. Estoy harta, Ramón. Es muy humillante y no aguanto más.

–En ese caso, haz algo.

–Eso es lo que quiero hacer.

Estrella trató de sonreír, pero no vio que la expresión de Ramón se suavizara.

–Quiero que acabe todo esto. Y tal y como está la situación, me parece que la única forma de solucionar mi problema es darle a mi padre lo que quiere. Así que, si me caso, si tengo un anillo en el dedo y un nombre respetable que acompañe al anillo, la gente se olvidará de mi pasado. Mi padre se olvidará de mi pasado.

–Pero tendrías que hacerle frente al presente.

–Lo sé. ¿Crees que no he pensado en ello? ¿Crees que no le he dado mil vueltas en la cabeza, hasta el punto de pensar que me estaba volviendo loca? ¿Crees que no he intentado pensar en otra solución?

–Pero, ¿por qué yo?

–Ya te lo he dicho.

Pero Estrella se dio cuenta de que Ramón quería más explicaciones. Y las había, pero no estaba segura de poder decírselo todavía.

No, no podía decírselo todavía.

–Ya te lo he dicho –repitió ella.

–Dímelo otra vez.

Ramón cubrió la distancia que los separaba con cinco pasos. Se acercó hasta donde ella estaba sentada y se agachó poniendo una mano en el respaldo del sillón y la otra en el brazo donde ella estaba.

Estrella se sintió arrinconada, incapaz de moverse. Alzó la mirada para ver el rostro inescrutable de Ramón y el hielo de sus ojos, pero no pudo aguantarlo. Bajó los ojos y los clavó en sus rodillas; sin embargo, sólo era consciente del cuerpo que aprisionaba el suyo, de su sólido torso y poderosos miembros.

Ramón le rozaba las rodillas con las caderas, el cinturón del pantalón al alcance de sus manos. Si estiraba un poco los brazos podría tocarlo...

Pero en el momento en que la idea acudió a su mente, Ramón le puso la mano bajo la barbilla, obligándola a alzar el rostro.

Su situación había empeorado. Porque ahora, si levantaba los ojos, se iba a encontrar con los grises pozos que eran los ojos de Ramón, con los sensuales labios que la habían besado. Su beso la había hecho enloquecer de deseo.

—Dime qué vas a ganar con ello —dijo Ramón en tono duro.

—Ya te lo he dicho, mi libertad. Ganaré mi libertad.

—¿Y eso es suficiente para ti? ¿Es suficiente para atarte a un desconocido?

—No eres sólo un desconocido, eres...

Ramón respiró sonoramente, una indicación de lo que le estaba costando controlarse.

—¿Por qué yo? Sé que ya te lo he preguntado, Estrella, pero voy a seguir preguntándotelo hasta que me des una respuesta satisfactoria. ¿Por qué yo?

«¿Por qué yo?».

¿Cómo podía responder a eso. Con la verdad. Era la única manera. Por lo tanto, aunque el estómago le dio un vuelco y tenía los nervios a flor de piel, Estrella tragó saliva, se obligó a mirarlo a los ojos y se lo dijo.

–Por lo que me has dicho antes. Porque no ibas a doblegarte a los deseos de mi padre y a pedirme la mano. Porque rechazaste el trato, por eso. Y... y...

–¿Y? –le instó Ramón al ver que se había interrumpido, que no podía continuar–. ¿Y qué más?

–Y por esto –Estrella suspiró–. Por esto...

Alzando la cabeza, Estrella apretó los labios contra los de él, depositando en ellos un suave beso.

Durante un segundo, sintió la sorpresa de Ramón, la rigidez de su cuerpo como reacción de resistencia. El miedo se apoderó de ella al pensar que había cometido un tremendo error. Pero un momento después, le oyó suspirar y la boca de Ramón se ablandó junto a la suya, aceptando el beso y respondiendo a él.

No se pareció al primer beso. En realidad, fue completamente lo contrario a la dura y casi cruel posesión de su boca que tuvo lugar la primera vez. No obstante, la ternura de ese beso desencadenó el mismo deseo en ella.

«Y por esto».

Esas palabras aún resonaban en la cabeza de Ramón cuando los labios de Estrella entraron en contacto con los suyos, pero fue la única idea que su mente logró formar con lógica. Desde el momento en que sintió los labios de ella y los saboreó con la lengua, sólo fue consciente de un ardor que amenazaba con consumirlo.

Su cuerpo entero estaba en llamas.

Agarrándole los brazos, Ramón la hizo ponerse de pie y la estrechó contra su cuerpo. Ahora, no era Estrella quien lo besaba, sino él a ella, apoderándose de su boca con la fuerza de una pasión que escapaba a todo control.

El calor de la sangre de sus venas hizo que los latidos de su corazón se aceleraran hasta ensordecerle. Sólo era consciente de Estrella, el resto del mundo había dejado de existir. Estrella, con su suave piel y esbelto cuerpo. Estrella, con sus negros y largos cabellos.

Unos cabellos recogidos en una cola de caballo. Aquello le resultó frustrante porque deseaba enterrar los dedos en su suavidad. Con un rápido movimiento, quitó la banda elástica y acarició las sedosas hebras.

Aquella suavidad rozándole el rostro y la débil fragancia de un champú de hierbas avivaron las llamas del fuego que sentía dentro de sí.

–Ramón...

Fue un ronco grito de Estrella mientras tomaba aliento. El sonido le causó una sensación que le hizo consciente de que besarla ya no era suficiente. Necesitaba más, mucho más.

La necesitaba a toda ella. Quería todo lo que Estrella pudiera darle. Y sin dilación.

Le quitó la chaqueta de lino y la tiró al suelo. Inmediatamente, la camiseta blanca siguió a la chaqueta. El repentino olor del perfume de Estrella le invadió los sentidos con una fuerza que casi le mareó. Necesitaba probar su piel, saboreársela con la lengua.

Sintió las manos de Estrella en sus muslos, luego en la cintura. El suave roce le hizo desear mucho más. Lanzó un gruñido y, apartando los labios de los de Estrella, empezó a besarle la mandíbula, luego la garganta.

—Sabes de maravilla... de maravilla.

La sintió temblar bajo sus palabras, la oyó gemir de placer; y no pudo contener una carcajada de triunfo. Más besos alrededor de los tirantes del sujetador color piel de melocotón, en la suave curva de los hombros. Con las manos en la cintura de Estrella, utilizó los dientes para bajarle el sujetador.

—Tócame... tócame... —gimió Estrella poseída por el deseo, su voz enronquecida por la pasión—. Tócame... de verdad.

Ramón volvió a reír antes de continuar besándole los senos, más abajo, hasta alcanzar los pezones aún cubiertos por las copas del sujetador.

—¿Es esto lo que quieres? —murmuró él con la boca sobre los pezones—. ¿O esto?

Ramón empezó a acariciarle los pezones con la lengua.

—O esto...

Sus labios se cerraron sobre un oscurecido pezón. Lo lamió, lo chupó y lo mordisqueó hasta hacerla gritar de placer.

Nunca había conocido a una mujer tan apasionada. Jamás había sentido semejante intensidad como respuesta a sus caricias. Estrella tenía la cabeza hacia atrás, sus oscuros cabellos le caían en cascada por la delgada espalda.

Ramón no podía aguantar más. Tenía que poseerla. Tenía que averiguar qué se sentía dentro de aquel cuerpo, conectado con ella de la forma más íntima que existía.

Le desabrochó los pantalones y se los bajó, junto con las bragas, con rapidez. Bajó la boca desde los pechos al ombligo y más abajo, hasta el rizado triángulo en la entrepierna de ella. La sintió agitarse, moverse, tensarse bajo sus besos.

Con las manos en su cabeza, Estrella le apretó contra sí para apartarle cuando veía que no podía soportar más el placer.

Se deslizaron hasta el suelo. Ahí, Estrella, tirando de la camisa, se la sacó de los pantalones para luego, con premura, intentar desabrocharle los botones. El tejido de la camisa se rasgó, pero a él no podía importarle menos. Lo que Estrella quería era justo lo que él quería, sin la barrera de la ropa.

La ayudó a quitarle la camisa, la arrojó a algún lugar de la estancia y le susurró al oído:

—Estrella, mi hermosa estrella. Cielo, no podemos hacerlo...

«No podemos hacerlo», esas palabras fueron como un jarro de agua fría para Estrella.

¿Cómo podía decir Ramón semejante cosa en esos momentos? Ahora, cuando la pasión la consumía; cuando sabía que, si Ramón no le hacía el amor, la frustración la consumiría. Todo su ser estaba concentrado en una cosa.

–¿Que no podemos? Pero... –protestó ella, y oyó la suave y cálida risa de Ramón en la mejilla.

–Aquí no, cielo. Aquí, en el suelo, no.

Pero Estrella le agarró el cinturón y se lo desabrochó. Más abajo, la fuerza de la erección estiró el tejido de sus pantalones.

–¡Estrella! –fue una gemida protesta–. Estoy pensando en ti.

–¡Y yo digo que no me importa!

Estrella tenía las manos en la cremallera de los pantalones y se la bajó, liberando la cálida dureza de Ramón, haciéndole gemir de alivio.

–El suelo... es duro. Mi habitación...

Ramón no lograba ligar sus palabras con coherencia mientras ella le acariciaba el miembro.

–La cama...

–No.

Estrella no quería moverse. Aquello era tan nuevo para ella... tan maravilloso... Se sentía liberada y desinhibida, y le daba miedo desaprovechar el momento. La aterrorizaba que la fría fuerza de la realidad se apoderase de ella y la dejara pensar.

No quería pensar, sólo sentir. Estar con Ramón, besarlo y acariciarlo le habían hecho perder el control de forma maravillosa, no quería sentir volver a sentir jamás lo que era la contención.

–No –murmuró ella de nuevo–. Aquí. Ahora. Te deseo, Ramón.

–Dios mío –Ramón suspiró su rendición–. ¡Yo también te deseo!

Tumbándose boca arriba, Ramón la arrastró consigo hasta tumbarla encima de su cuerpo, evitándole la dureza del suelo. Cuando se dio cuenta de lo que él estaba haciendo, sintió sus manos en los muslos, abriéndola de piernas para que le montara, para que pudiera sentir la dureza de su erección en el centro de su cuerpo de mujer.

–Ra...

Pero las palabras de Estrella se ahogaron cuando la boca de Ramón se apoderó de uno de sus pechos, chupándole y lamiéndole el pezón hasta hacerla gemir de placer.

Estrella cerró los ojos para disfrutar de la sensación, volvió a abrirlos otra vez al sentir una súbita necesidad de ver la pasión en los enturbiados ojos grises de Ramón.

–Te deseo –repitió él–. Te deseo.

Los ojos de Estrella se agrandaron, pero no veía nada. Sólo era consciente del cuerpo de ese hombre y del punto en el que se habían unido. El placer escapaba a su control; estaban en otro mundo, un mundo oscuro y ardiente donde lo único que existía eran ellos dos y el placer que los estaba consumiendo.

Sensaciones y más sensaciones los llevaron a un lugar maravilloso de absoluto alivio sexual.

Capítulo 6

ESTRELLA no quería que amaneciera.

Eso fue lo primero que pensó cuando se despertó brevemente del sueño en el que se había sumido alrededor de medianoche. Antes, Ramón la había llevado al piso superior en el que estaba su habitación, a la cama. Había perdido la cuenta de las veces que habían hecho el amor; su cuerpo exhausto, pero su mente aún con deseo.

Quería más. Anhelaba y soñaba con más.

Nunca le había ocurrido algo así; ni siquiera con Carlos, su único amante. No quería pensar en Carlos, pero no podía evitar el recuerdo. Porque, en una sola noche, Ramón había echado por tierra todo lo que Carlos le había enseñado sobre el sexo.

Mejor dicho, todo lo que no le había enseñado. Con Carlos casi no había sentido placer ni satisfacción. Nada que pudiera compararse con el fuego que Ramón despertaba en ella.

Pero había creído estar enamorada de Carlos. La idea de estar enamorada de Ramón no le había cruzado la mente; sin embargo, Ramón se había apoderado de ella en cuerpo y alma, haciéndola olvidar el amargo recuerdo del engaño del otro hombre. Ya le resultaba imposible acordarse de él con claridad; cuando cerraba los ojos, sólo veía a Ramón encima de ella, poseyéndola de nuevo.

–Bueno, me parece que vas a tener problemas para explicarle esto a tu padre.

La baja y ronca voz con cierto tono irónico la sacó de su ensimismamiento. Estrella abrió los ojos, volvió la cabeza y vio a Ramón, que acababa de entrar silenciosamente en el dormitorio y estaba de pie junto a la puerta con dos tazas de café en las manos.

Ramón tenía el pelo mojado, era evidente que acababa de ducharse y de afeitarse. Llevaba un traje de chaqueta y corbata. Se le veía listo para ir a trabajar.

–¿O le dijiste que ibas a pasar la noche en casa de tu amiga?

–Le dije que ya nos veríamos cuando volviera, que no me esperase –respondió Estrella con aprensión.

Si le respondía que sí, Ramón iba a pensar que ella tenía planeado lo que había ocurrido entre los dos. Que había ido a su casa con la intención de seducirle y acabar en la cama. Si le decía que no, podría parecerle una mujer fácil de conquistar.

–Pero supongo que será mejor que vuelva a casa por si llama a Carmen.

–Tómate el café primero –Ramón le ofreció una taza.

Al incorporarse, la sábana se le bajó y Estrella se sintió dolorosamente consciente de que estaba completamente desnuda. Desnuda y marcada por la ardiente pasión de Ramón, pensó al notar unas leves marcas rojas en la piel dejadas por la incipiente barba de él.

Ruborizada, Estrella se subió la sábana, sujetándola bajo ambos brazos.

–Es un poco tarde para eso, ¿no te parece? –observó Ramón burlonamente–. Sé perfectamente cómo eres desnuda.

–Quería evitar que se me cayera café encima del cuerpo –le espetó Estrella a modo de excusa, consciente de que había adoptado una actitud defensiva.

La bonita boca de Ramón esbozó una leve sonrisa.

–Sí, claro, entiendo que no quieras quemar tu delicada piel.

Estrella parpadeó al oír el cinismo de su voz. Sí, era demasiado tarde para la modestia, Ramón había visto y tocado todo su cuerpo. Pero eso había sido durante la noche, en la oscuridad. Ahora, por la mañana, bajo la fría luz del día, la situación era distinta.

Lo peor era el comportamiento de Ramón.

La noche de pasión había llegado a su fin. El día, para él, había comenzado. Ramón Dario, ejecutivo en el mundo de los medios de comunicación, vestido y listo para el trabajo. Y ella...

Ella... ¿qué?

¿Qué esperaba Ramón que hiciera? ¿Que se levantara, se diera una ducha, se vistiera y se marchara?

¿Y la noche anterior? ¿Y lo que habían compartido?

—Vas a ir a trabajar —declaró Estrella absurdamente.

—Es evidente.

Tanto la expresión de Ramón como su tono de voz fueron indescifrables. Su rostro era una máscara impenetrable.

—¿Por qué?

Una pregunta errónea. Estrella se dio cuenta de ello en el momento en que cerró los labios.

—Porque es lo que hago. Alguien tiene que dirigir la empresa.

—Había pensado que hoy...

Estrella sabía que, con cada palabra que pronunciaba, estaba empeorando las cosas. Ramón había fruncido el ceño y ella sintió su rechazo.

—¿Que hoy qué? —dijo Ramón con voz gélida—. ¿En qué se diferencia este día de los demás?

—Bueno, esperaba que...

—¿Esperabas? —repitió Ramón secamente.

—Que tú y yo...

—¿Aún sigues con esa estúpida idea de que podríamos casarnos? —preguntó Ramón con dureza—. Si es así, te sugiero que lo olvides. No va a haber un matrimonio de conveniencia entre los dos. Ya se lo dije a tu padre.

—Pero anoche... no fue mi padre quien te lo pidió, sino yo.

—Y la respuesta es la misma que la que le di a tu padre.

Las palabras de Ramón iban acompañadas de

un frío veneno. Estrella agarró la taza de café con las dos manos.

—No quiero casarme, nunca he querido casarme. Me gusta mi vida tal y como es. Y si alguna vez me casara, sería con alguien que yo eligiera, no con una mujer que se me ofrece a cambio de algo, aunque ese algo sea una cadena de televisión.

Estrella parecía perpleja, reflexionó Ramón cínicamente. No parecía ser capaz de creer que el plan no le hubiera salido bien.

Anoche, Estrella lo había sorprendido y él se había dejado llevar por la pasión como si fuera un adolescente. Por supuesto, no se arrepentía de lo que había pasado. Sin embargo, ahora, el placer de la noche anterior parecía haberle hecho creer a Estrella que él había accedido a seguir con su plan.

—Pero... Pero anoche...

—¿Anoche? Lo de anoche no tuvo nada de especial. Tú me deseabas y yo a ti, te di lo que querías.

—Y tú también tomaste lo que querías.

—Sí, ¿y por qué no? Fuiste tú quien empezó.

Aunque Ramón admitió para sí que tal y como Estrella estaba ahora, con el negro cabello sobre la almohada y su dorada piel, no le costaría nada empezar reanudar lo que ella había empezado la noche anterior. Ya se había visto tentado al abrir la puerta y verla en la cama con los ojos cerrados; pero había tenido tiempo para pensar en la locura de la noche anterior y darse cuenta de que tenía que acabar.

El sabía muy bien lo destructivo que era casarse con una mujer sin que ella lo amara a uno.
¿Acaso su madre no le había hecho eso a Rodrigo
y ambos se habían arrepentido toda su vida? La
posibilidad de que un día descubriera que el hijo
al que quería no fuera suyo le horrorizaba.

Por mucho que Estrella quisiera casarse con él,
no iba a ocurrir.

Tenía que poner punto final a la situación en
ese momento. Definitivamente. Debía asegurarse
de que, cuando Estrella se marchara, no volvería
jamás; porque de hacerlo, quizá a él le flaquearan
las fuerzas.

Ramón se acabó el café y dejó la taza vacía en
el suelo.

—Anoche te arrojaste a mis brazos y yo no soy
de piedra. ¿Qué demonios pensabas que iba a hacer, decirte: «lo siento, querida, pero no estoy de
humor»?

—Ya... ya lo hiciste en una ocasión, en el castillo.

Sí, lo había hecho, pero con un ímprobo esfuerzo.

—Pero fue porque dijiste que no dejarías que te
tocara aunque fuera el único hombre en el mundo.
Anoche era otra cosa.

—Yo... creía que...

—¿Qué creías, cielo? ¿Que me había enamorado de ti?

—¡No! ¡Eso nunca lo he pensado!

—Estupendo. Eh, ¿adónde vas?

Estrella había dejado la taza de café en la mesilla y estaba saliendo de la cama envuelta en la sábana.

—A buscar mi ropa. Quiero vestirme.

Estrella miró a su alrededor y se mordió los labios.

—¿Dónde está mi ropa? Maldita sea, Ramón, ¿qué has hecho...?

—¡Tranquilízate!

Ramón alzó una mano indicándole que se calmara.

—Yo no le he hecho nada a tu ropa. Por si no te acuerdas, estábamos bastante ocupados antes de subir a mi habitación. Tienes la ropa donde la dejaste, en el cuarto de estar. Iré por ella.

Ver la ropa aquella mañana era lo que le había hecho recuperar el sentido común, pensó Ramón mientras bajaba las escaleras. La ropa, la evidencia de haber dejado que la pasión se sobrepusiera a la razón, convirtiéndolo en presa de su deseo sin pensar en las repercusiones de su comportamiento.

Sabía los planes de ella y, no obstante, había caído en la trampa. Estrella quería el matrimonio, pero él se había jurado a sí mismo no casarse nunca.

No obstante, no había podido resistir la tentación. Jamás había deseado a una mujer con la intensidad con que había deseado a Estrella la noche anterior.

¡Y aún la deseaba!

Cuando Ramón se agachó para recoger la ropa, se quedó momentáneamente inmóvil al ver la ropa interior color melocotón que había quitado del cuerpo de esa mujer hacía sólo unas horas. Tocó la ropa, acariciándola con la yema de los dedos, pero al momento deseó no haberlo hecho.

En un abrir y cerrar de ojos, su mente se llenó de imágenes eróticas. Imágenes de la noche anterior mientras besaba la cálida piel de Estrella, imágenes de esos senos en sus manos.

Ramón clavó los ojos en el suelo, en el lugar donde se habían tumbado, donde Estrella se había colocado encima de él.

¡Qué infierno!

Tenía que parar o jamás se vería libre de ella. En ese momento, estaba obsesionado con volver al piso de arriba, a su dormitorio. Quería agarrar a Estrella, arrancarle la sábana blanca y volver a penetrar su cuerpo.

Pero no podía hacerlo.

Estrella quería el matrimonio y él no estaba dispuesto a comprometerse, ni siquiera a cambio de la cadena de televisión. No iba a dejarse comprar, ni por ella ni por su padre.

Se suponía que el matrimonio era para siempre, para toda la vida. Si ni siquiera su madre había sido capaz de cumplir con los votos nupciales, ¿cómo podía esperar que otra mujer lo hiciera? Sobre todo, tratándose de una mujer que lo quería por motivos propios, ninguno de los cuales era el amor.

Apartando los ojos de las tentadoras piezas de satén, agarró toda la ropa y la subió a su dormitorio.

Estrella estaba de pie delante de la ventana aún envuelta en la sábana.

–Tu ropa, señorita.

–Gracias –respondió ella con desgana, forzadamente–. Y ahora, si no te importa, preferiría que salieras para vestirme.

Ramón oyó algo en su voz, un ligero temblor, que le impidió volverse para marcharse. ¿Era posible? ¿Podían ser lágrimas lo que hacía que a Estrella le brillaran así los ojos?

–Estrella... –pero se interrumpió al verla sacudir la cabeza.

–¡No quiero oír una sola palabra más! Ahora vete y déjame sola.

–Está bien –respondió Ramón con frialdad–. Te esperaré abajo.

–Bien.

Estrella esperó a que Ramón saliera de la habitación. Después, se quitó la sábana que la cubría y se dirigió al cuarto de baño de la habitación.

Perdió la noción del tiempo bajo la ducha. Por mucho que se frotaba con el jabón, no conseguía sentirse limpia.

¿Qué había hecho?

Según Ramón, se había arrojado a sus brazos.

–¿Cómo he podido hacer semejante cosa? –se preguntó en voz alta.

Sacudió la cabeza con desesperación pensando en su estúpido comportamiento.

–¿Cómo he podido?

La noche anterior, pedirle a Ramón que se casara con ella le había parecido una buena idea. Le había parecido la única manera de librarse del constante enfado de su padre con ella, de los insultos, de la presión a la que se había visto sometida desde su relación con Carlos.

Carlos.

De nuevo, pensó en lo diferente que había sido su reacción física con Ramón.

Desde el principio, Carlos le dejó muy claro que quería acostarse con ella; pero debido a que nunca se había acostado con un hombre y al miedo que le producía el daño que podía causarle a su reputación, se había resistido tanto como le fue posible. Y en todo ese tiempo no llegó a sospechar que Carlos estuviera casado; cuando se enteró, era demasiado tarde.

Pero con Ramón no titubeó ni un momento. Una mirada de él, una caricia y estaba consumida por la pasión. Ahora, sólo quedaban las cenizas.

Estrella cerró el grifo de la ducha y se vistió. Deseó tener algo de maquillaje, aparte del rímel y el lápiz de labios que siempre llevaba en el bolso, porque estaba muy pálida.

Por fin, bajó las escaleras rezando por que Ramón se hubiera cansado de esperarla y se hubiese marchado ya a trabajar.

Sufrió una decepción. Ramón estaba en la cocina, sentado a la mesa mirando el correo. Se había servido otra taza de café, pero no parecía estar bebiendo.

–Bueno, ya me voy –dijo Estrella desde la puerta.

Fue lo único que se le ocurrió decir. Nunca se

había sentido tan insegura. Nunca había pasado la noche en casa de un hombre, por lo que no sabía qué hacer.

Además, aquella situación distaba mucho de ser normal.

Ramón alzó el rostro y la miró.

—No te vayas todavía. ¿Por qué no desayunas antes?

—Creo que se me atragantaría el desayuno —contestó Estrella, irritada de que Ramón hubiera decidido asumir el papel de anfitrión educado y cortés.

—No soy mal cocinero —dijo Ramón con una sonrisa, a la que ella se negó a responder—. Además, al final anoche no cenamos.

—No, no cenamos. Pero no quiero comer, quiero irme a casa.

—Estrella...

Ramón se levantó de la silla y a Estrella la estancia se le antojó muy pequeña de repente.

—Tu situación en casa... ¿es realmente tan insoportable?

Estrella lo miró con aprensión, preguntándose adónde querría llegar él.

—Ya has visto a mi padre —contestó ella escuetamente.

—En ese caso, ¿por qué no te vas de casa? ¿Por qué no te pones a trabajar...?

Estrella lo interrumpió con una cínica carcajada.

—¡Debes de estar bromeando! Lo repito, ya has visto a mi padre. Mi padre es sumamente conservador y yo soy su única hija, su heredera. Me criaron en un ambiente anticuado. No sé hacer nada práctico, no encontraría nunca trabajo. Nadie me contrataría.

—Yo podría contratarte.

—¿Qué?

Estrella no daba crédito a lo que acababa de oír.

—Yo podría ofrecerte un trabajo en las empresas Alcolar. De esa manera, podrías marcharte de casa e irte a vivir a un piso.

—¿Hablas en serio?

—Sí, claro que sí.

—Así que estarías dispuesto a contratarme para trabajar, pero no a casarte conmigo, ¿eh?

—¡Eso no es lo que he dicho!

Trabajar para él sería imposible. Tendría que verle, hablar con él... y cada vez que lo hiciera recordaría la noche anterior y la humillación de aquella mañana.

—Jamás aceptaría una oferta de trabajo viniendo de ti. ¡No quiero nada tuyo!

—Anoche no eras de la misma opinión —comentó él con voz fría.

—Anoche fue diferente.

—Sí, anoche creías que ibas a conseguir de mí lo que querías.

Por fin, Ramón dio rienda suelta a su cólera. Había intentado ayudarla y ella lo había rechazado.

—No soporto que me manipulen —añadió Ramón.

—¡Yo no te he manipulado! —protestó ella.

–¿No? Créeme, cielo, así es como me he sentido.

–Así que ahora resulta que ofrecerte lo que querías es manipularte, ¿no?

Ramón se dio cuenta de que Estrella se refería a la empresa de televisión.

–Ya te he dicho que el precio es demasiado alto.

–Anoche no lo pensabas.

–¡Lo de anoche fue sólo sexo! Yo no te prometí nada.

Había tocado un punto débil. La vio parpadear momentáneamente. Sin embargo, cuando Estrella respondió, lo hizo agresivamente, atacándolo.

–En ese caso, me alegro de que no lo hicieras porque habría sido lo suficientemente estúpida como para aceptar casarme contigo. Sin embargo, hoy he recuperado la razón y estoy de acuerdo contigo, el precio es demasiado alto. Al igual que tú, es un precio que no estoy dispuesta a pagar.

–Claro que no. Porque, como tu padre me dijo, yo no poseo el linaje que él espera de la persona que se case con su hija.

–Exacto. Por eso es por lo que eras el número diez en la lista de posibles candidatos.

Eso le hirió el orgullo. La otra Estrella había vuelto, la mujer calculadora y fría a la que detestaba.

–En ese caso, ¿por que te arrojaste a mis brazos anoche?

Ella alzó la barbilla y lo miró con cólera.

–¿No es evidente? Tenía ganas de acostarme contigo.

–¿Qué? ¿Eres sadomasoquista? ¿Era también así tu relación con Carlos Perea?

–¡Deja a Carlos en paz, él no tiene nada que ver con esto!

–De acuerdo, lo haré... de momento. Pero dime, querida, ¿con cuántos de los nueve candidatos previos a mí te has acostado? ¿Les pusiste a prueba...?

La bofetada de Estrella lo hizo callar. Inmóviles, se miraron el uno al otro. Los ojos de Estrella mostraban el asombro que le había producido su propia conducta.

–En fin, supongo que me lo he merecido –admitió Ramón, negándose a frotarse la mejilla.

–¡Claro que sí!

De repente, Estrella alzó los brazos y se cubrió el rostro momentáneamente en un gesto furioso y, a la vez, defensivo.

–No me he acostado con ningún otro. Es más, eres el único de ellos al que he besado. El único hombre con quien...

Estrella se interrumpió, incapaz de seguir hablando.

–¿Debo sentirme halagado por ello?

Estrella sacudió la cabeza.

–No, en absoluto. Lo único que demuestra es lo mal que juzgo a los hombres... después de lo de Carlos y de ti.

–Yo... –comenzó a decir Ramón, pero ella le interrumpió antes de que pudiera continuar.

–¡No digas nada! –le espetó Estrella–. ¡Ni una sola palabra! Ya he oído suficiente, no quiero oírte decir nada nunca. Uno diría que después de ser utilizada y manipulada como lo fui, habría aprendido la lección, pero no. Soy una imbécil, necesito recibir golpes una y otra vez para aprender. Bueno, señor Dario, gracias por la clase. Por fin, creo que he aprendido la lección. Y no pienso olvidarla.

Antes de que Ramón pudiera reaccionar, Estrella se dio media vuelta, agarró su bolso y se marchó dando un portazo.

Capítulo 7

QUÉ es lo que te pasa últimamente, Ramón? Estás atontado.

–Quizá esté enamorado. ¿Es eso, Ramón? ¿Acaso el soltero empedernido se ha enamorado por fin?

–Deja de tomarle el pelo, Mercedes –dijo Cassie, ganándose una mirada de agradecimiento de su cuñado–. Creo que Ramón tiene muchas cosas en la cabeza.

–¡Es una mujer! –insistió la hermana de Ramón riendo–. ¿Verdad que sí? Y tiene que tratarse de alguien muy especial para tener a mi hermano así.

Sí, una mujer, pensó Ramón. Hacía una semana que no conseguía quitársela de la cabeza, desde el día que salió de su casa dejando muy claro que no quería volver a saber nada de él.

–No estarás todavía preocupado por el asunto de la compra de la empresa Medrano, ¿verdad?

Fue su padre quien habló. Juan Alcolar estaba recostado en el respaldo de su asiento con una copa de vino tinto de las bodegas de su hijo, pero tenía los ojos fijos en otro de sus hijos, en Ramón.

–En cierto modo, sí –admitió Ramón a regaña-
dientes, consciente de que el problema no tenía
nada que ver con la compra de la cadena de televisión, sino con la hija de Medrano. Se ponía ten-
so incluso cuando mencionaban aquel apellido.

–Ya te he dicho que te olvides de ese asunto
–le dijo su padre–. Medrano es un viejo chapado a
la antigua, demasiado orgulloso de su apellido.
Demasiado obstinado.

–Has evitado mencionar la mezcla de sangre
andaluza y catalana que corre por nuestras venas,
papá –comentó Joaquín después de entrar en la
habitación y depositar un beso en la rubia cabeza
de Cassie–. Medrano y tú sois iguales, papá. A ti
te resulta imposible olvidar a nuestro bisabuelo
por mucho que quieras.

Un par de semanas atrás, aquella conversación
habría sido improbable, pensó Ramón. Pero desde
que Joaquín y Cassie anunciaran que iban a casarse, a lo que había que añadir el inminente nacimiento del segundo nieto de Juan, las relaciones
entre el padre y el hijo mayor había mejorado mucho. Por primera vez en años, se llevaban bien .

Joaquín también se había calmado. Al verlo en
ese momento, parecía imposible creer que hacía
sólo un mes Cassie y él habían estado a punto de
romper su relación. De hecho, Cassie se había ido
a vivir a casa de Ramón durante un breve período
de tiempo.

Pero eso ya era agua pasada. Habían soluciona-
do sus problemas por medio del diálogo y
cuando Joaquín acabó reconociendo que era una

tontería suya esa idea de que no estaba hecho para las relaciones duraderas.

Sólo recordarse a sí mismo diciendo «no quiero casarme, nunca he querido casarme» le ponía nervioso.

—Y tú no eres muy diferente –le dijo a su hermanastro mayor–. En lo que se refiere a la cabezonería y al orgullo, eres todo un Alcolar.

—Mira quién habló –intervino Cassie.

—Ramón es tan Alcolar como Joaquín –dijo Mercedes–. Los dos sois iguales.

—Yo... –empezó a protestar Ramón, pero se interrumpió al recordar las veces que había agarrado el teléfono para llamar al castillo Medrano y lo había vuelto a dejar en su sitio sin llamar.

Incluso se había puesto en camino hacia la casa de Estrella, pero había dado la vuelta con el coche después de recorrer unos kilómetros.

Tras decidir que la discreción era lo mejor en esos momentos, Ramón guardó silencio.

A la mañana siguiente, Ramón seguía dándole vueltas en la cabeza a la conversación con su familia.

Había pasado la noche soñando, soñando con una persona.

Estrella Medrano.

Durmió mal, acosado por eróticas imágenes. Se despertó bañado en sudor y con las sábanas arrugadas. Y durante la mañana, las imágenes seguían ahí, inquietándolo y preocupándolo, quitándole la concentración.

La veía si cerraba los ojos. Si se sentaba delante de su mesa de despacho, casi podía oler su perfume y sentir las sedosas caricias de aquellos cabellos negros. En una ocasión, cuando contestó al teléfono y oyó una voz de mujer, estaba seguro de que era ella al otro lado de la línea.

Pero era Mercedes, que lo había llamado para hablarle del viaje a Inglaterra que iba a hacer. Por primera vez, le resultó imposible prestar atención a lo que su hermana le decía, y se dio cuenta de que ella lo había notado y estaba disgustada cuando colgó el teléfono.

¿Qué demonios le pasaba?, se preguntó Ramón a sí mismo al tiempo que agarraba un archivo y trataba de recordar lo que tenía que hacer con él.

¿Acaso no conocía la respuesta a esa pregunta? ¿No sabía la respuesta? La respuesta eran dos palabras...

Estrella Medrano.

Pensó en la conversación que había tenido con Estrella unos días atrás en su casa, el día que ella había pasado la noche con él. Pensó en lo mucho que había deseado comprar la cadena de televisión de Medrano.

Pero ahora... ahora aquel deseo estaba relegado a un segundo plano.

Deseaba la cadena de televisión.

Pero deseaba mucho más a Estrella Medrano.

–¡Qué infierno!

En un estallido de cólera, Ramón tiró el bolígrafo y se levantó. Agarró la chaqueta. Si seguía así, se iba a volver completamente loco.

Iba a ir a verla, se dijo a sí mismo. Iba a verla, iba a hablar con ella y...

No sabía nada más.

No sabía qué pasaría. La cuestión realmente importante no se le ocurrió hasta no encontrase en el coche con el motor encendido. ¿Estaba pensando en casarse con Estrella Medrano?

Estrella tenía un dolor de cabeza tremendo. Llevaba una semana casi sin dormir y lo de esa noche era la gota que colmaba el vaso. Cuando su padre le anunció que tenían un invitado a cenar, a ella le había llevado unos minutos darse cuenta de las intenciones de su padre.

Pero al fijarse en la expresión de él, lo supo.

No era un invitado normal, no se trataba de un amigo de su padre. Su padre había encontrado otro posible candidato con quien casarla.

–Papá, por favor, no sigas...

Después de la humillación sufrida con Ramón Dario, tenía que intentar oponerse a su padre, aunque hacía bastante que no lo había hecho. Pero no podía pasar por lo mismo otra vez.

Su padre hizo oídos sordos a sus argumentos y a sus ruegos. Estaba completamente decidido a casarla y nada de lo que ella pudiera decir iba a hacerle cambiar de idea.

–Si no hubieras arrastrado por el fango el apellido Medrano al tontear con un hombre casado, destruyendo de paso la vida de una buena mujer, no te encontrarías en esta situación. Te lo advierto, hija, se me está agotando la paciencia.

Alfredo se le había acercado y la había mirado con ira, atemorizándola.

–Si no pones en orden tu vida de inmediato, vas a encontrarte en la calle, que es donde deberías estar.

–Papá...

–No quiero oír ni una palabra más –le espetó Alfredo–. Te lo digo por última vez, o te casas, o te vas de casa con lo puesto. Y lo que te pase será asunto tuyo y de nadie más.

Estrella no dudaba que su padre hablara en serio. El humor de su padre había empeorado durante las últimas semanas. Ella había tenido miedo de lo que pudiera hacer. Ahora lo sabía.

De repente, la oferta de trabajo de Ramón no le pareció tan mala idea. Pero si la aceptaba, tendría que llamarlo, rogarle que le hiciera el favor que ella tan altivamente había rechazado.

Al recordar la bofetada que le había dado, se dio cuenta de que había agotado sus posibilidades de reconciliación. Ramón no iba a volverle a hacer esa oferta, lo más probable era que le cerrara la puerta en la cara sin importarle qué podía ocurrirle.

Tras decidir que, por el momento, la discreción era lo más adecuado, siguió las órdenes de su padre; al menos, para cubrir las apariencias. Se vistió para la cena con un vestido de seda azul, se recogió el cabello en un moño y se maquilló.

La cena fue peor de lo que había imaginado que sería. Esteban Bargalló, el candidato que su padre había elegido, era un hombre con edad suficiente para ser su padre. También era obeso, casi calvo y olía mal. Pero eso no le impidió mirarla como si fuera un objeto a subastar. También aprovechaba toda oportunidad que se le presentaba para tocarla.

—Eres una joven encantadora —le dijo él casi babeando durante la cena—. Encantadora. Estoy seguro de que nos vamos a llevar muy bien.

La cena estaba siendo una pesadilla. Estrella casi no podía probar bocado, limitándose a empujar la comida que tenía en el plato con el tenedor. Lo único que pudo tragar fue vino.

Pero incluso en eso tuvo mala suerte. El vino que su padre había elegido era el mismo que Ramón le había ofrecido en su casa. Al primer sorbo, el recuerdo de aquella noche la asaltó, haciendo que casi se atragantara.

—¿Te ocurre algo? —le preguntó su padre al notar en su expresión lo incómoda que se sentía.

—No —logró contestar Estrella—. No me pasa nada, estoy bien.

Pero bien era completamente lo opuesto a como se sentía. El sabor del vino reavivó en ella las eróticas imágenes que habían plagado sus sueños durante la última semana, imágenes del esbelto cuerpo de Ramón y de sus negros cabellos. Podía sentir sus caricias, sus besos... podía saborearle la boca al lamerse los labios.

Podía oír su ronca voz diciéndole: «¿Que quieres casarte conmigo? ¿Por qué yo?».

Y su propia respuesta: «Y por esto... y por esto... y por esto...».

–¿Qué has dicho?

La voz de su padre la hizo volver a la realidad. Había estado tan ensimismada, que no había advertido la presencia de uno de los criados acercarse a su padre para susurrarle algo al oído.

–¿Quién?

Alfredo le lanzó una penetrante y dura mirada.

–¿Dario? –añadió su padre.

Estrella creyó haber oído mal. Tenía que haber oído mal.

–Al parecer, Ramón Dario ha venido a verte. ¿Conoces el motivo de su visita? –inquirió su padre.

Estrella abrió la boca, pero no consiguió pronunciar palabra. Lo único que escapó de su garganta fue un ronco gemido.

No era posible, Ramón no podía estar en su casa. No podía ser.

–Bueno, supongo que será mejor ver qué es lo que quiere. Dile al señor Dario que entre.

Ni siquiera entonces Estrella estaba convencida de que fuera verdad. Pensó que, en cualquier momento, Rafael entraría de nuevo para decir que se trataba de una equivocación. Debía haber oído mal el nombre y seguramente quien apareciese en el comedor sería otra persona.

Pero cuando Rafael regresó, detrás de él iba el alto hombre de cabellos oscuros que ocupaba sus pensamientos desde el momento de conocerlo.

Ramón iba con ropa informal, llevaba un polo azul y pantalones vaqueros. Y a ella se le hizo la boca agua.

No demostró sorpresa al encontrarlos cenando y con Bargalló como invitado. Esos ojos grises se dirigieron directamente al lugar que ella ocupaba en la mesa, buscando sus ojos castaños con expresión desafiante. Después, Ramón paseó la mirada por el resto de los comensales, primero la detuvo en Alfredo y luego en Bargalló; y ella notó que sus ojos empequeñecieron ligeramente antes de volverse a fijar de nuevo en Alfredo.

—Señor Medrano.

La amable sonrisa de Ramón era pura cortesía, pero Estrella notó que no era natural. Detrás de la sonrisa había un frío distanciamiento que endurecía la mandíbula de Ramón, el gris de sus ojos era gélido.

—Estrella...

Ramón estaba haciendo un gran esfuerzo por controlar su tono de voz y su expresión, por controlar la repugnancia y la cólera que le produjo la escena alrededor de la mesa y sus implicaciones.

No se necesitaba ser un genio para adivinar lo que ocurría, él lo había hecho con una mirada alrededor del comedor; y por si tenía dudas, con sólo fijarse en Estrella era suficiente para confirmar sus sospechas.

Estrella estaba vestida con un elegante vestido de seda azul y llevaba el cabello recogido en un complicado moño. Durante unos momentos, se vio presa del deseo de enterrar los dedos en esos cabellos y soltarlos. Los ojos de Estrella dominaban su rostro, profundos y oscuros con largas pestañas; pero el maquillaje apenas lograba disimular sus ojeras.

No obstante, Estrella jamás le había parecido tan hermosa como en esos momentos. Pero también se veía perdida, asustada y sumamente vulnerable. Y fue esa vulnerabilidad lo que despertó en él su instinto protector.

Se notaba que ella preferiría estar en cualquier sitio menos donde estaba. Y la razón de su malestar era evidente. La razón de su malestar era esa especie de sapo gordo que ocupaba la silla opuesta a la de ella en la mesa. El único hombre sin interés en la interrupción que él había causado porque estaba demasiado ocupado desnudando a Estrella con sus fríos ojos.

Otro hombre al que Alfredo intentaba comprar.

El candidato número once.

Pero no iba a serlo por mucho tiempo, se prometió Ramón a sí mismo. Y esa promesa le ayudó a controlar su ira.

–¿Qué se le ofrece, señor Dario?

Alfredo no disimuló el desagrado que le producía que le interrumpieran la cena, aunque hizo un esfuerzo por no perder la compostura delante de Esteban Bargalló. Era obvio que la aparición de uno de los candidatos previos podía colocarlo en una situación incómoda respecto al candidato actual.

–Le ruego me disculpe, señor Medrano –dijo Ramón con educada frialdad–. Le aseguro que no tenía idea de que iba a interrumpir una cena. ¿Estrella?

Vio la expresión de absoluta incomprensión en Estrella cuando le lanzó a ella una mirada de reproche antes de añadir mirándola:

–Deberías haberme dicho que tu padre tenía una cena de negocios. De haberlo sabido, podría haber venido antes... o también podríamos haberle dado la noticia en otra ocasión.

¿La noticia?

–Yo...

Al notar la mirada de advertencia de esos ojos grises, Estrella se tragó la exclamación de perplejidad que había estado a punto de lanzar. No tenía idea de qué era lo que Ramón se traía entre manos, lo mejor era callarse y ver qué pasaba.

–¿Qué noticia? –preguntó Alfredo con expresión de incomprensión antes de mirar a su hija–. ¿Estrella?

Estrella no sabía qué responder. No sabía de qué estaba hablando Ramón, por lo que no se atrevió a abrir la boca. Por lo tanto, levantó su copa en dirección a Ramón invitándole a hablar con el gesto.

–¿Qué noticia? –repitió Alfredo mirando a Ramón–. ¿Qué demonios está pasando aquí?

–Perdone, le pedí a su hija que no dijera nada hasta encontrar el momento de poder decírselo juntos. Le hice prometérmelo, a pesar de que ella quería decírselo desde el principio...

Alfredo miró a su hija con absoluta confusión. Estrella se mantuvo inmóvil e inexpresiva, aunque por dentro estaba hecha un manojo de nervios por miedo a lo que Ramón pudiera decir.

–Bien, veo que Estrella ha mantenido su promesa. Me alegro, porque así tengo la oportunidad de hacer esto como es debido. Ya tengo la respuesta de Estrella, pero ahora necesito la suya.

Ramón se interrumpió un segundo y miró a Alfredo con actitud sumamente formal.

–Señor Medrano, he venido a pedirle permiso para proponerle a su hija matrimonio.

Capítulo 8

A ESTRELLA le pareció que el mundo que la envolvía no era real, un mundo en el que no entendía nada.

¿Qué estaba diciendo Ramón?

¿Por qué estaba haciendo aquello?

Y lo más importante, ¿qué significado tenía?

Se sintió insegura y presa del pánico hasta recuperar de nuevo el sentido de la realidad. Durante ese espacio de tiempo, Esteban Bargalló, que sólo había ido allí por un motivo, perdió los estribos y se marchó. Entretanto, Alfredo, irritado, hizo preguntas a Ramón, que éste respondió con calma y frialdad.

Al menos Estrella supuso que había respondido. No estaba segura. Se sentía mareada y le costaba encontrar sentido a lo que oía y veía.

«He venido a pedirle permiso para proponerle a su hija matrimonio».

Ramón la había incluido a ella en su declaración, haciéndola partícipe. Dando la impresión de que ella lo sabía, a pesar de que no sabía nada de lo que estaba ocurriendo. La última vez que vio a Ramón él le dejó muy claro que no quería volverla a ver.

—Bueno, en ese caso, os dejaré solos...

Estrella oyó la voz de su padre como si procediera de un lugar lejano, del fondo de un oscuro túnel. Oyó una puerta cerrarse y la estancia quedó en silencio.

Se había quedado a solas con Ramón.

Despacio, Estrella salió de aquel mundo de pesadillas en el que nada tenía sentido. Parpadeó y miró al hombre que estaba de pie al otro lado de la larga mesa de madera. Se dio cuenta de que Ramón estaba esperando a que dijera algo, pero no sabía qué podía decirle.

–Bueno, Estrella, querida, ¿te gusta estar prometida?

–¿Con... con quién?

Había perdido el sentido de la realidad, no sabía qué había pasado en la conversación de Ramón con su padre. ¿Era verdad que Ramón había pedido su mano?

–Conmigo, por supuesto.

Había ironía en la fría voz de Ramón. Una ironía que la llenó de aprensión.

–¿Con quién pensabas que era?

No podía estar prometida con Ramón, no era posible... ¿o sí?

–Pero... ¿por qué?

–¿Que por qué? –repitió Ramón en tono ligero–. Me parece que ha quedado bastante claro, tú ganas tu preciosa libertad y yo consigo lo que quiero.

Fue como una bofetada.

Por supuesto, Ramón sólo quería casarse con ella para hacerse con la cadena de televisión.

No debería dolerle tanto, pero así era. Oír esas palabras con semejante sangre fría le produjo una súbita tristeza. Era evidente que no significaba nada para él como persona, sólo era un medio para conseguir un fin. Una oleada de angustia la hizo temblar.

¿Qué significaba eso? ¿Significaba que ella quería más? ¿Había esperado otra cosa, algo que convirtiera su unión en un verdadero matrimonio...?

¿Basado en el amor?

¡No! Luchó por quitarse esa idea de la cabeza. Había creído estar enamorada de Carlos y él le había declarado su amor. Pero al descubrir la verdad, se dio cuenta de que en su relación no había habido amor. Carlos la había deseado y, para acostarse con ella, había estado dispuesto a mentir y a engañar, incluso a cometer un delito. Por el contrario, Ramón no había mentido; en realidad, había dejado perfectamente claro la opinión que tenía de ella.

Estrella sólo podía culparse a sí misma. Se había ofrecido a sí misma en bandeja de plata por el precio de la cadena de televisión. No tenía derecho a quejarse. Ella no podía ofrecer más y Ramón no quería nada más.

–¿Cuál es el problema, Estrella? –preguntó Ramón en tono burlón–. ¿Te lo estás pensando? ¿Crees que te has vendido a un precio demasiado barato? ¿O acaso quieres que me ponga de rodillas para pedirte la mano?

–¡No! No es necesario. Aunque estoy segura

de que, por lo que le has dicho a mi padre, eso es lo que se imagina que va a pasar.

–Tu padre ya ha sacado más que suficiente de todo esto –contestó Ramón–. De ahora en adelante, somos tú y yo, nadie más.

–No tengo inconveniente.

A Estrella le gustaron las palabras de Ramón. Un intenso calor recorrió su cuerpo, produciéndole un inesperado placer.

–Aunque tengo que advertirte que mi padre espera verme con un anillo en el dedo.

–Por supuesto. Mañana mismo iremos a comprarlo; es decir, si la cosa sigue adelante.

–¿Y va a seguir adelante?

La mirada que Ramón le lanzó contenía cinismo y humor misterioso.

–¿Crees que tu padre me dejaría echarme atrás ahora que, por fin, he accedido a cumplir con la condición que me había impuesto?

Aquella conversación, justo inmediatamente después de haberse prometido, era completamente ridícula, pensó Ramón. Estrella seguía sentada y él al otro extremo de la mesa. De haberse tratado de una petición de mano normal, ella estaría ahora en sus brazos y la conversación iría acompañada de ardientes besos y caricias.

La quería en sus brazos.

–Dime, ¿qué te ha hecho cambiar de idea?

¿Cómo podía contestar él a eso?

No había sabido lo que iba a hacer hasta que no entró en el comedor y vio a Estrella sentada a la mesa. En ese momento, de improviso, tuvo la convicción de que quería a esa mujer en su vida, costara lo que costase.

—Al llegar aquí...

Ramón se interrumpió al darse cuenta de lo que había estado a punto de decir.

—Al llegar y verte con el invitado... Era el candidato número once, ¿verdad?

—Sí —Estrella clavó los ojos en la silla que había ocupado Esteban Bargalló y tembló ligeramente—. Sí, lo era.

—En ese caso, creo que mi llegada ha sido muy oportuna. ¿En serio tu padre te habría vendido a ese tipo?

La sonrisa de Estrella fue amarga y débil.

—Podía ofrecerme un apellido de casada respetable.

Ramón murmuró algo entre dientes y ella agrandó ligeramente su sonrisa.

—¿Tan diferente es entre tú y yo? Se podría decir que... que me he vendido por el precio de una cadena de televisión.

—¡Ni hablar, hay más que eso entre tú y yo!

—¿En serio?

Cuando Estrella lo miró con esos enormes ojos oscuros, él se derritió por dentro. Se le antojó que había dos Estrellas completamente diferentes; una de ellas sumamente frágil, la otra dura y fría. La segunda era la mujer a la que despreciaba, una mujer egoísta que le había robado el marido a otra.

¿Cuál de las dos era la verdadera Estrella?

Pero en ambas mujeres había una tercera Estrella. La Estrella Medrano apasionada, increíblemente sensual, físicamente impresionante a la que descubrió una noche una semana atrás.

Estaba dispuesto a cualquier cosa por volver a poseer a esa mujer; por tenerla en sus brazos, en su cama y en su vida. Ése era el motivo por el que la cadena de televisión ocupaba un lugar muy secundario.

—¿Como qué?

Ramón se echó a reír con auténtico humor.

—¿De verdad tienes que preguntármelo?

Ramón extendió la mano.

—Ven aquí, hacia mí, Estrella. Ven a mí y te lo demostraré. Deja que te recuerde lo que hay entre los dos.

Estrella, momentáneamente, pareció a punto de obedecerlo, pero al final se quedó quieta sentada con el cuerpo rígido.

—Estrella... ven —murmuró Ramón con voz ronca.

Estrella, con gesto vacilante, permaneció donde estaba.

Con el ceño fruncido, más debido a la confusión que al enfado, Ramón dejó caer el brazo y dio varios pasos hasta acercarse adonde ella estaba. Esos grandes ojos que lo observaban parecieron agrandarse y oscurecerse a cada segundo que transcurría.

Cuando Ramón se detuvo junto a la silla de Estrella, ésta alzó el rostro y clavó los ojos en los suyos. Ramón la oyó respirar en el momento en que la agarró suave, pero firmemente, por los brazos.

–No me tienes miedo, ¿verdad? Porque es imposible. La Estrella que vino a mi casa la otra noche no tenía miedo de nadie.

La sintió temblar.

–Yo... Eso fue sólo una noche –logró responder ella con voz ronca–. El matrimonio es... es...

Estrella se tragó la palabra que temía pronunciar.

–El matrimonio es diferente.

–No lo es tanto.

Despacio, Ramón la hizo levantarse del asiento, rozándole el cuerpo.

–Sabes cómo fue esa noche... –la voz de Ramón era grave y ronca–. Imagínate lo que sería una vida entera llena de noches así, cada una mejor que la anterior.

Ramón vio el movimiento de la garganta de Estrella al tragar, la vio humedeciéndose los labios con la lengua.

–El matrimonio no es sólo las noches.

–No se tratará de simples noches, sino de noches increíbles y espectaculares. Noches que jamás olvidarás. Noches con las que soñarás durante el día.

Estrella seguía sin parecer convencida del todo. ¿Qué le había pasado a la atrevida y seductora Estrella?

–¿Y eso será suficiente?

–Para mí sí. ¿Quieres que te lo demuestre? Puedo darte esto...

Ramón bajó la cabeza y se apoderó de los labios de ella con un beso suave y tierno. El sabor de Estrella era intoxicante, susurrante el calor de su cuerpo, el roce de su piel de satén le produjo una sensación de increíble placer.

El deseo se le antojó como un ardiente líquido que le corría por las venas. En esa ocasión, no hubo dureza ni exigencia, sólo ardor, dulzura y un anhelo que le hicieron desear estar en cualquier otra parte, lejos de esa casa de oscuro mobiliario con tapices cubriendo las paredes.

Lo que necesitaban era una cama cálida, suaves sábanas de algodón egipcio, un fuego en una chimenea... Y una larga noche.

–¿No te parece que esto sería suficiente para cualquiera? –susurró él junto a su mejilla.

–Oh, sí –murmuró Estrella–. Oh, sí...

Los párpados de Estrella se veían pesados, como si estuviera drogada; pero cuando los abrió y él la miró a los ojos, se dio cuenta de que era suya. El delgado cuerpo de Estrella se inclinó sobre él, buscando su boca.

El deseo de Estrella era tan intenso como el suyo.

–Eres mía –declaró Ramón con voz triunfal–. Eres mía y sólo mía. ¿Cómo podría permitir que otro hombre te poseyera?

De repente, Estrella notó un drástico cambio en él, un cambio en el tono de voz de Ramón. El tono de la cruel posesividad que denotaban sus palabras.

«¿Cómo podría permitir que otro hombre te poseyera?

–No hay... no hay ningún otro hombre.

–¿Ninguno?

La carcajada de Ramón fue dura, amarga y fría.

–¿Y qué hay del candidato número once? ¿Qué puedes decirme sobre él y su tan respetable apellido?

–¡Por favor! –Estrella se estremeció al recordar a Esteban Bargalló–. Es imposible que creas que quisiera estar con ese hombre.

–Pero a tu padre no le habría importado.

¿Era ése el motivo por el que Ramón estaba allí?, se preguntó Estrella. ¿Había ido a su casa para tomar posesión de ella como si se tratara de una esclava, un objeto que pudiera comprar a un precio razonable? ¿Algo que no había valorado lo suficiente hasta que otro hombre había mostrado su interés?

–Habría contestado que no y lo sabes. Tienes que saberlo. Tú eres el único...

–Sí, lo sé –dijo Ramón, interrumpiéndole–. Me deseas.

Entonces, con gran sorpresa, Estrella le vio esbozar una radiante e irresistible sonrisa.

–Y yo a ti, mi estrella. Te deseo tanto, que no puedo hacer nada a derechas. No puedo trabajar, no puedo dormir... No lograré funcionar normalmente hasta que no te tenga en mi cama. Y si la única forma de conseguirlo es casándome contigo, me casaré contigo.

¿Iba a hacerlo?, se preguntó Estrella. ¿Iba a casarse con un hombre que no la amaba, que sólo la deseaba? No obstante, había creído a Carlos cuando este le declaró su amor y todo resultó ser una mentira.

Ramón, al menos, era brutalmente sincero con ella. La deseaba y ella a él. ¡Y cómo!

–Sí, nos casaremos –declaró ella en voz baja, pero firme.

–Pronto –replicó Ramón.

Estrella asintió.

–Este matrimonio... –empezó a decir Estrella con voz titubeante–. ¿Cuánto crees que durará?

Ramón no respondió inmediatamente. Mientras esperaba su respuesta, Estrella luchó contra la urgente necesidad de conocerla.

–Hasta que ambos obtengamos lo que queremos –contestó Ramón por fin mirándola con sus ojos grises.

–¿Así de sencillo?

Pero, para ella, la respuesta no era satisfactoria. No obstante, Ramón no pareció advertirlo; y de haberlo notado, su expresión no lo dejó ver.

–Tú quieres tu libertad, quieres que dejen de examinarte como a un animal en una subasta. Tu padre quiere un nieto que pueda heredar el título y las fincas de la familia. Y yo...

Ramón se interrumpió mientras miraba con fijeza el rostro de ella, la curva de su boca, la suavidad de los labios entreabiertos.

–Yo quiero esto... –murmuró él; de repente, su tono de voz enronquecido.

Ramón bajó la cabeza y cubrió la boca de Estrella con la suya en un duro y apasionado beso, sin nada de la suavidad y la ternura del anterior.

Sin mediar palabra, sin pensar, Estrella respondió. No podía hacer otra cosa. El cuerpo controlaba la mente. Y lo que Ramón quería era lo que ella misma quería.

Cuando, por fin, casi sin aliento separaron sus labios, lo hicieron con expresiones confusas.

–Durará tanto como dure esto, querida –logró decir Ramón.

Y volvió a besarla aún con más pasión.

–Estaremos juntos tanto como dure esto.

Capítulo 9

¡YA está!

Mercedes, que acababa de colocar la última de las florecillas blancas en el elaborado peinado de Estrella, dio un paso atrás para ver el efecto.

—Ha quedado precioso, aunque esté mal que yo lo diga. De todos modos, no estaría de más que me dijeras cómo es el vestido.

Por el espejo, lanzó una mirada implorante a Estrella con la esperanza de convencer a su futura cuñada de que le revelara el secreto.

Pero Estrella sacudió la cabeza con firmeza.

—Es un secreto, sólo lo sé yo. No olvides que no esperaba una boda por todo lo alto.

—¿Qué? —Mercedes se la quedó mirando con incredulidad—. No es posible que pensaras que Ramón iba a ofrecerte una boda sencilla, Estrella. Estamos hablando de mi hermano, de Ramón Darío, que pronto será un magnate de los medios de comunicación, sólo comparable con mi padre.

Eso era exactamente lo que Estrella había esperado. Pero, por lo visto, no era lo que Ramón quería. De hecho, la mayor parte de lo que Ramón quería era completamente lo opuesto a lo que ella había supuesto que querría, haciéndola llegar a pensar que el hombre con el que había accedido a casarse no era el mismo que el hombre al que conoció unas semanas atrás en el castillo de su padre.

Para empezar, Ramón le había regalado un anillo de compromiso.

Consciente de que su matrimonio era un asunto de negocios, sin amor aunque con pasión, ella había creído que se trataría de una boda discreta, nada más. Su padre esperaba un anillo de compromiso y Ramón se lo iba a dar, eso era todo.

Pero no era todo.

Ramón no sólo le había regalado un anillo hecho exclusivamente para ella, sino que también había organizado una ceremonia nupcial excepcional. El banquete iba a incluir a toda la familia de Ramón, a sus amigos y a toda la familia de ella.

—Pero... ¿por qué? —le había preguntado Estrella una tarde en el apartamento de él cuando Ramón empezó a hablar de la boda y de la gente a la que iban a invitar—. ¿Por qué tanto alboroto por un matrimonio de conveniencia?

Ramón le lanzó una mirada extrañamente fría.

—Nadie ha decidido nada por mí —dijo Ramón con voz áspera y cortante—. Te he propuesto matrimonio porque he querido, la decisión ha sido exclusivamente mía.

—Pero... pero...

Estrella no supo qué contestar.

De acuerdo, nadie había concertado su matrimonio, pero eso no cambiaba nada. No había sentimientos en su unión, no había amor. Eso no iba a ser un auténtico matrimonio, y ella no podía evitar que le produjera angustia.

—Pero ¿qué? —inquirió Ramón.

—¿Que si quieres tomarte tantas molestias por algo que no es un matrimonio de verdad?

—Es un matrimonio de verdad. Dime, ¿acaso te avergüenzas de que vayamos a casarnos? —le preguntó él de improviso.

—¿Que si me avergüenzo? —repitió Estrella, perpleja ante el hecho de que Ramón pudiera pensar semejante cosa—. No, en absoluto. ¿Por qué iba a avergonzarme?

—Bueno, los dos sabemos que no era el número uno en la lista de candidatos...

Por lo visto, eso seguía molestando a Ramón. Estrella contuvo una leve sonrisa. Ramón Darío era un hombre de mucho orgullo, no soportaba haber sido el décimo en la infame lista.

—En la lista de mi padre —clarificó Estrella, pero Ramón ignoró la corrección.

—No soy catalán de pura cepa; es más, no soy nada de pura cepa.

—Esteban Bargalló es catalán de pura cepa —le recordó Estrella—. Y no quiero ni pensar lo que habría sido de mí si hubiera acabado con él como marido. Puede que a mi padre le obsesione el linaje y esas cosas, pero a mí no. Jamás habría tenido relaciones con...

De repente, horrorizada por el desliz, Estrella se cubrió la boca con la mano.

–Con Carlos –concluyó Ramón.

De repente, Estrella sintió una terribles ganas de confesarlo todo, de hablarle a Ramón. Con su padre le había resultado imposible, pero...

Pero no con Ramón.

Había algo en él que exigía sinceridad. No podía mentirle, no podía ocultar sus verdaderos sentimientos como había hecho con el resto de la gente. Cuando estaba con él, sentía necesidad de ser sincera, de despojarse de la máscara tras la que se ocultaba.

–No sabía que Carlos estaba casado –dijo ella de repente, sin ningún preámbulo.

La expresión de Ramón se tornó más especulativa que escéptica, pero aún contenía reproche.

–¡No lo sabía! –repitió Estrella–. ¡Él me dijo que no estaba casado!

–¿Y le creíste?

–Sí –respondió ella en un susurro apenas audible.

Estrella estaba confusa, pero su confusión se debía a haberse dado cuenta de que algo había cambiado.

Aún le dolía el sufrimiento que Carlos le había causado; pero, en cierto modo, ahora lo veía de manera diferente. Era como si el pasado se estuviera alejando de ella por momentos y, por ese motivo, la afectaba mucho menos.

Y ocurría desde que conoció a Ramón. Al principio, él la había distraído, le había dado algo diferente en lo que pensar. Después, la había obsesionado. Tras la noche que pasó en casa de Ramón, él le ocupaba el día y la noche en el pensamiento. Sí, Ramón era una obsesión para ella, y lo último en lo que pensaba al dormirse.

–Sí, le creí.

Y ahora Estrella esperaba que él la creyera a ella, pensó Ramón deseando no tener que hacerlo. Estrella no se daba cuenta de que él estaba dispuesto a olvidar el pasado, que lo realmente importante era lo que había entre los dos. Por el contrario, ella se había inventado un cuento, una mentira. Porque tenía que ser mentira.

Era evidente que Estrella había sabido que Perea estaba casado. Imposible no saberlo. Todo el mundo había comentado el escándalo protagonizado por la hija de Alfredo Medrano.

La mujer que ahora iba a ser su esposa.

La esposa que no podía honrarle con la verdad, que prefería mentirle para quedar bien. Seguía mintiendo, utilizándolo...

Pero en esos momentos no le importaba. Deseaba a esa mujer, la quería en su cama; y si sólo podía conseguirlo con el matrimonio, se casaría con ella.

–¡Qué demonios!

Ramón la agarró y tiró de Estrella hacia sí, rodeándola con los brazos. Luego, le puso una mano en la barbilla y la obligó a alzar el rostro para besarla.

–¡Te haré olvidarlo! –murmuró Ramón junto a los labios de ella–. Borraré su imagen de tu mente. No volverás a pensar en él nunca, nunca.

–Yo... –Estrella intentó hablar, pero cada vez

que lo hacía Ramón la acallaba con otro beso... casi cruel.

—Eres mía, Estrella, mía y de nadie más. Durante el tiempo que lleves mi anillo en el dedo, llevarás mi apellido, compartirás mi casa, serás única y exclusivamente mía. Mía.

Subrayó la última palabra con otro beso brutalmente exigente que la hizo sentirse una esclava.

—¡Mía, mía!

Era lo único que quería, pensó Estrella.

Quería a ese hombre.

La sangre le hervía con sólo verlo. Con una mirada de él, se sentía perdida. Con una caricia de Ramón, ardía.

Debería estar asustada. Un año y dos meses atrás, encontrarse en una situación así la habría aterrorizado. Pero ahora no.

Era maravilloso. Era excitante. Era como volar en un cielo despejado con los rayos del sol en el rostro. Era sentirse viva. Hacía mucho tiempo que no se sentía así. Carlos nunca había despertado en ella ese tipo de sensaciones.

—Soy toda tuya —le respondió Estrella devolviéndole el beso.

En cuestión de segundos, como ocurría siempre, el beso se hizo apasionado. Olvidándose de la cena que tenían planeada, subieron las escaleras besándose y despojándose de la ropa al mismo tiempo. Se tumbaron en la cama con insaciable deseo.

A Estrella le ardió la piel al recordarlo mientras se miraba el anillo que Ramón le había puesto en el dedo un par de noches más tarde. Acarició el hermoso brillante en forma de estrella. No había esperado algo así, no se le había pasado por la cabeza que a Ramón se le hubiera ocurrido algo tan sorprendente y espectacular.

—Yo... no sé cómo agradecértelo —había balbucido ella cuando los invitados que había en el enorme salón de la casa del padre de Ramón les dejaron a solas unos momentos.

Pero Ramón, con un gesto, restó importancia al regalo; su expresión distante y cerrada.

—Eres mi prometida; como es natural, tenía que darte un anillo de compromiso. Al fin y al cabo, no queremos que nadie piense que este enlace no va a ser real. Y mucho menos tu padre.

A Estrella le dio un vuelco el corazón cuando Ramón mencionó a su padre. No quería pensar en los motivos por los que su padre, de repente, parecía feliz y sonriente; incluso le había lanzado un par de sonrisas y más de un par a su futuro yerno.

—Mi padre sólo quiere deshacerse de una hija con mala reputación. Le pareces maravilloso porque le has quitado un gran peso de encima.

Ramón frunció el ceño al oír esas palabras. Estrella era consciente de haber empleado un tono de voz desdeñoso, incluso agresivo, pero no había podido evitarlo. Sabía que su padre, Ramón y el abogado de su padre habían pasado horas en la biblioteca; en esas negociaciones secretas habían sellado su destino. También era consciente de la rebaja en el precio de la cadena de televisión que su padre había hecho. Por lo tanto, estaba segura de que Ramón había salido de la biblioteca siendo el propietario de la cadena de televisión que tanto quería... y a mitad del precio original.

–Quizá me intereses tanto por tener la reputación que tienes –dijo Ramón burlonamente–. No puedo negar que me lo paso muy bien contigo en la cama.

Estrella sabía que se estaba refiriendo a las ocasiones que ella había ido a visitarlo a su casa, a cómo había pasado esas noches... y, cada vez con más frecuencia, las mañanas y las tardes.

–Por mucho que hagamos el amor, no logro saciarme de ti –añadió él.

Para demostrarlo, Ramón la abrazó. Inmediatamente, Estrella notó la hinchada y ardiente evidencia del deseo de él.

Al momento, su propio cuerpo se encendió. Pero por inoportuno que fuera, no pudo evitar la amarga respuesta que acudió a sus labios.

–Me alegra oírlo, porque no creo que puedas echarte atrás en el trato.

–¿Por qué iba a querer echarme atrás, mi preciosa estrella?

Ramón bajó la cabeza y la besó en la frente.

–Bueno, ahora que ya tienes lo que quieres, podrías...

–¿Crees que sería capaz de no cumplir mi palabra? Deberías saber que preferiría morir antes que hacer semejante cosa –dijo Ramón con auténtico enfado.

«Preferiría morir...»

Estrella sintió una leve esperanza. ¿Sería posible que significara para Ramón algo más que los medios para conseguir un fin?

Pero las siguientes palabras que Ramón pronunció destrozaron sus esperanzas:

–Cuando doy mi palabra, jamás dejó de cumplirla –declaró él con dureza–. Además, tu padre no es tonto; no va a firmar el contrato de venta de la cadena hasta que yo no firme el certificado de matrimonio. Así que no tienes que temer que huya antes de la boda, cariño. Sé perfectamente lo que quiero en la vida.

–Porque, para ti, esto es una cuestión de negocios.

Eso le ganó otra mirada gris de advertencia.

–No me acuesto con mis socios, Estrella. Jamás lo he hecho y no tengo intención de hacerlo ahora.

–En ese caso, ¿por qué...?

Pero Estrella se interrumpió al ver que Mercedes y Cassie se les estaban acercando, imposibilitándoles seguir hablando.

No volvieron a tener ocasión de hacerlo debido al baile, a la comida y a los brindis. Estrella pasó el resto del tiempo aceptando las felicitaciones de los invitados y rezando por que su sonrisa no se viera forzada.

Al final de la velada, su deseo de encontrar un momento a solas con Ramón también se vio frustrado. Apenas habían despedido al último invitado cuando Ramón le hizo un gesto a una de las empleadas y ésta volvió apresuradamente con el abrigo de ella. Otro gesto hizo que acudiera el chófer, que había estado a la espera de las órdenes de su jefe, conduciendo un lujoso coche que detuvo delante de la puerta de la casa.

–Pero yo... –empezó a protestar Estrella.

–Le he prometido a tu padre que llegarías a tu casa sana y salva –la interrumpió Ramón, acallando sus protestas–. He bebido demasiado champán para conducir, Paco te llevará.

–Yo creía que... ¡No quiero marcharme todavía!

–Estrella... –dijo Ramón en tono razonable, incluso tierno, aunque la frialdad de sus ojos traicionaba sus palabras–. Ha sido una larga noche y nos espera una semana muy dura con los preparativos de la boda.

Con suavidad, Ramón le acarició el rostro.

–No estoy cansada.

–Y yo quiero que sigas así. Quiero que estés radiante el día de nuestra boda, no pálida por la falta de sueño.

–Pero...

–Estrella, te vas a ir a casa ahora mismo –le ordenó Ramón sin alzar la voz.

–Está bien. Si insistes...

Ramón la besó brevemente.

–Buenas noches, cariño. Que duermas bien.

Aunque había vuelto a verlo en varias ocasiones, no había vuelto a pasar ninguna noche con él. Ramón se había mostrado sumamente cortés y sociable, pero no habían vuelto a verse a solas.

Por lo tanto, esa noche, que iba a ser su noche de bodas, Estrella estaba nerviosa. Tenía casi tanta aprensión como una mujer virgen justo antes de que su marido fuera a hacerle el amor por primera vez.

Miró el precioso anillo de compromiso y lo acarició con expresión pensativa.

¿Con qué Ramón iba a pasar la noche? ¿Con el ardiente y apasionado amante que no podía apartarse de ella o con el hombre distante y frío que llevaba siendo desde la noche de la fiesta en la que habían anunciado su compromiso? No lo sabía y eso hacía que tuviera los nervios a flor de piel.

—¡Estrella!

La voz de Mercedes la sacó de su ensimismamiento.

—Yo... perdona. Estaba pensando...

—Sé perfectamente en qué estabas pensando —Mercedes sonrió traviesamente—. ¡Estás perdida, querida! Me pregunto si mi hermano sabe lo locamente enamorada que estás de él.

—¿Qué?

Estrella se quedó atónita. Intentó hablar, pero no logró pronunciar palabra. Lo que Mercedes acababa de decir la había dejado sin habla.

Amor.

¿Había dicho Mercedes que ella estaba enamorada?

Eso podía acarrear unos problemas que cambiarían todo en su vida.

«Me pregunto si mi hermano sabe lo locamente enamorada que estás de él».

¿Qué iba a hacer? ¿Qué sería de ella?

Capítulo 10

ESTARÁ pronto aquí.

Joaquín sonrió traviesamente a su hermano desde un lateral del altar de la pequeña iglesia del pueblo.

—Aprovecha los últimos minutos de libertad.

—Y eso lo dice un hombre que se ha casado hace sólo un mes —Alex, el menor de los tres hijos de Juan Alcolar, se echó a reír—. Como experto hombre casado que soy, recomiendo el matrimonio.

Y lo había dicho en serio, pensó Ramón al ver cómo los oscuros ojos grises de Alex buscaban con la mirada a su esposa Louise, una inglesa alta y delgada de cabellos castaños que estaba sentada en uno de los bancos reservados para la familia con una niña en el regazo. Desde el momento en que Alex regresó de Inglaterra con Louise, los dos eran inseparables; el nacimiento de María Elena había coronado su amor.

Joaquín también había encontrado la felicidad con Cassie. Por fin se habían casado y ella estaba embarazada de su primer hijo, y su relación con Ramón y con su padre había mejorado considerablemente. Reconocer que amaba y era amado había cambiado la personalidad del hombre al que habían llamado El Lobo.

En secreto, Ramón reconocía que les tenía envidia. Sus hermanos disfrutaban de una felicidad que él también quería para sí.

Al haberse criado sin madre y sin saber que el hombre duro y agresivo al que consideraba su padre no lo era, añoraba la clase de familia que sus amigos tenían. Se había jurado a sí mismo que algún día formaría el hogar de sus sueños con una mujer a la que amara.

En ese caso, ¿por qué iba a casarse con Estrella? ¿Por qué estaba ahí, acompañado de sus hermanos, llevando la tradicional camisa que, para su total perplejidad, Estrella se había empeñado en hacerle ella misma?

–Tengo que reconocer que estoy atónito –dijo Alex–. Si alguien me hubiera dicho que ibas a casarte, habría supuesto que lo harías con la encantadora Benita. Cuando todos creíamos que sólo tenías ojos para ella, de repente anuncias que vas a casarte con una chica de la que nunca te habíamos oído hablar. ¿Qué demonios te ha pasado?

–Estrella es lo que me ha pasado –contestó Ramón, consciente de que era la verdad.

Él mismo se había hecho esa pregunta repetidamente y no había logrado darse a sí mismo una respuesta coherente.

Estrella. Desde el momento en que apareció en su vida no conseguía pensar en otra cosa; Benita, la mujer más encantadora que había conocido, dejó de existir para él. Ni siquiera lograba recordar sus facciones, aunque tampoco se esforzaba por hacerlo. Sólo lograba pensar en la mujer con la que iba a casarse ese mismo día.

—Mercedes siempre decía que, si llegabas a enamorarte, lo harías de verdad —intervino Joaquín—. Aunque también pensaba que ibas a tardar en enamorarte.

—Mercedes se cree muy lista —dijo Ramón en tono irónico.

Él no estaba enamorado. Estrella le tenía completamente hechizado, pero era algo exclusivamente físico.

No, no estaba enamorado. Era otra cosa completamente distinta.

No estaba seguro de creer en el amor; al menos, en lo que a él se refería. Sólo se había enamorado una vez, cuando era mucho más joven.

—Nuestra hermanita tiene que aprender por sí misma lo que es el amor antes de pontificar sobre cómo afecta a los demás.

—Bueno, puede que no tarde mucho en hacerlo —dijo el hermano mayor—. Lleva unos días que no es la misma, quizá esté pensando en alguien.

—Si tienes razón, que Dios nos ayude —replicó Alex—. Mercedes se apasiona por las cosas más simples. ¿Os acordáis cuando aparecí yo en escena y creía que se había enamorado de mí antes de saber que yo era su hermano? Cuando se enamore de verdad, no sé qué le va a pasar.

—Eso debe de ser genético —murmuró Joaquín

irónicamente–. Lo que nos pasa es que tardamos en darnos cuenta.

Ramón pensó que sus hermanos, tan seguros de sus propios sentimientos y de los de sus esposas, no podrían entender los motivos que le estaban llevando a comportarse como lo estaba haciendo, a estar allí ese día.

Pero había algo que no se podía negar, su deseo por Estrella. Ésa era la razón que explicaba qué hacía ahí. No se trataba de un negocio ni de nada más.

Estaba ahí porque no podía estar en otro sitio, porque deseaba a Estrella.

–Ahí está.

Ramón no estaba seguro de cuál de sus hermanos había pronunciado esas palabras, sólo sabía que los murmullos procedentes de la parte posterior de la iglesia significaban que Estrella había hecho su aparición. Si quería echarse atrás, ése era el momento de hacerlo.

Pero no quería. Tenía la absoluta convicción de que deseaba casarse con ella. Eso era lo único que quería en ese momento; en el futuro... ya se vería.

–Bueno, ya vamos a empezar.

Esta vez fue Joaquín quien habló. Ramón dejó que su hermano mayor diera el visto bueno a su apariencia, colocándole la corbata antes de darle una palmada en el hombro.

–Te ha llegado la hora, hermano.

Fue la palabra «hermano» lo que le conmovió. Después de todas las inevitables tensiones en su relación debido a lo poco convencional que era su familia, el inesperado empleo de ese término afectivo y la sonrisa traviesa que lo había acompañado lo enternecieron. Sintió alivio, alegría y gratitud, ajeno a la conmoción que había causado la entrada de su futura esposa.

–¡Oh, Dios mío! –murmuró Alex.

Esa exclamación y el tono de incredulidad con que había sido pronunciada lo sacó de su ensimismamiento.

–¿Ramón?

–¿Qué?

Los murmullos y susurros a sus espaldas fueron aumentando paulatinamente, haciéndole imposible ignorarlos.

Ramón ya no podía seguir dando la espalda a los congregados. Tenía que volverse, tenía que mirar.

¡Cielos, estaba sumamente hermosa!

Eso fue lo primero que pensó. Casi se quedó sin respiración. Casi estaba mareado.

Estrella estaba increíblemente bella. Tan pronto como la vio, su cuerpo reaccionó con dureza y rapidez. Fue una reacción puramente carnal, no espiritual, y completamente fuera de lugar en aquel momento a los pies del altar.

Estrella iba sola, habiéndose negado a que su padre la condujera al altar. No llevaba velo ni tocado, pero su cabello, recogido en un moño, estaba adornado con diminutas flores blancas. Tenía el rostro algo pálido, pero su expresión era firme, y los ojos de ébano contrastaban con la palidez de su piel. Tan pronto como clavó esos negros ojos en él, el rubor le sonrojó las mejillas.

Una cadena de oro con un colgante adornaba su garganta, el colgante era un brillante en forma de estrella que hacía juego con el anillo de compromiso; era el regalo sorpresa que él le había hecho la noche anterior.

Ramón la miró de arriba abajo y luego volvió a fijar los ojos en el rostro de ella.

–¡Oh, Estrella! –murmuró Ramón–. ¡Oh, mi Estrella!

«Mi padre sólo quiere deshacerse de una hija que tiene mala reputación». Las palabras de Estrella, pronunciadas la noche de la fiesta de su compromiso, resonaron en su cabeza. «Le pareces maravilloso porque le has quitado un gran peso de encima».

Ramón era consciente de las habladurías en relación con su boda. Una tía de Estrella había hecho comentarios sobre el traje de boda de su sobrina, sugiriendo que el blanco quizá no fuera apropiado, quizá lo mejor fuera elegir un color crema o azul.

Y Estrella había escuchado, pero no había hecho caso a nadie.

El vestido era largo, como la mayoría de los trajes de novia. Era de seda, de hermoso corte, extraordinariamente elegante. Era un traje de novia perfecto en lo que al diseño se refería, pero...

Ningún traje de novia se había hecho en ese color. Ningún traje de novia era escarlata.

«Mi Escarlata», pensó Ramón.

«Mi atrevida y valiente Estrella».

Ramón no podía soportar quedarse quieto ni un segundo más. No podía soportar esperarla mientras la veía vacilante, mientras notaba la inseguridad de su mirada.

Antes de ser consciente de que se estaba moviendo, Ramón se apartó del altar y avanzó por el pasillo central de la iglesia hacia ella con las manos extendidas.

Inmediatamente, la incertidumbre y la aprensión de la expresión de Estrella desaparecieron. Sonrió deslumbrantemente y, sujetando con una mano el ramo de flores, extendió la otra hacia él.

–¡Mi Escarlata! ¡Mi hermosísima Escarlata! –le dijo Ramón en un susurro que sólo ella pudo oír. Después, se llevó la mano de Estrella a los labios y la besó. Vio el brillo de unas lágrimas en esos ojos oscuros y se dio cuenta de que, a pesar de las apariencias, Estrella no se sentía tan segura como se la veía.

Ramón le apretó la mano cariñosamente y le sonrió, viéndola ganar confianza en sí misma por el gesto.

–¿Lista? –murmuró él, y Estrella asintió.

Firme, segura de sí misma, decidida... Estrella ya no vacilaba, todo rastro de inseguridad había desaparecido de su rostro.

–Lista –repitió ella afirmativamente, y continuó avanzando hacia el altar.

Estrella se sintió como si estuviera flotando. Tenía la impresión de que sus pies apenas tocaban el suelo mientras daba los últimos pasos hacia el altar en compañía de Ramón, apoyándose en la fuerza de su brazo.

Había llegado a la iglesia hecha un manojo de nervios. Las implicaciones de las palabras de Mercedes lo obsesionaban.

Amor.

Había intentado negarlo. Había intentado encontrar argumentos que lo negasen.

Pero era verdad y no sabía cómo había ocurrido.

Ahora, durante el recorrido por el pasillo central de la iglesia hacia el altar, sabía que era verdad.

Se había enamorado de Ramón.

Lo que sentía por él no se parecía en nada a lo que había sentido por Carlos. Ahora se daba cuenta de que jamás había estado enamorada de Carlos. Lo que había sentido por él era un capricho inmaduro, se había enamorado de la idea de estar enamorada. Nada más.

Lo que sentía por Ramón era completamente diferente. Era algo profundo, arraigado en lo más profundo de su ser, parte de su vida, de su alma. No podía vivir sin amarlo. Sin Ramón, no sería nada ni nadie, no habría futuro para ella.

Ser consciente de ello la había hecho titubear, le había dificultado andar. Las piernas le habían fallado cuando una oleada de pánico le recorrió todo el cuerpo, restándole fuerza.

Pero, en ese momento, Ramón se había vuelto y la había mirado.

Y luego había hecho mucho más que eso. Ramón se había apartado del altar y había ido a su encuentro, extendiendo una mano hacia ella.

«¡Mi Escarlata!», le había dicho. «¡Mi hermosísima Escarlata».

Quizá no fuera mucho; desde luego, no era todo lo que ella quería. No era una ardiente declaración de amor, pero tampoco la había esperado.

Cuando Ramón le sonrió, ella tuvo la certeza de que le seguiría a cualquier parte. Ya no dudaba de su amor por él.

¿Y Ramón?

Sabía que se iba a casar con ella. Iban a empezar una vida juntos, pero sólo debido a motivos económicos, no sentimentales. Se trataba de un matrimonio de conveniencia. También era un matrimonio con pasión, pasión física; mientras tuvieran eso, tenían algo en común.

Ramón tenía lo que quería, la empresa de televisión; más bien, la tendría al final de ese día. Pero también la deseaba, eso lo había dejado muy claro. Su deseo por ella era innegable. Durante el tiempo que la deseara, estarían juntos.

Y mientras estuvieran juntos, siempre cabía la posibilidad de que Ramón empezara a sentir algo más por ella. Estaba decidida a mantener esa pasión viva, a incentivarla, a hacerla crecer.

Para empezar era suficiente. Sólo podía esperar que, con el tiempo, se convirtiera en otra cosa.

Esa idea fue lo que le hizo sobrellevar la larga ceremonia y el banquete que siguió. En esos momentos, no podía hacer nada; pero esa noche, cuando se quedaran a solas en la mansión de la

Costa Brava que Juan Alcolar les había dejado para pasar la primera noche de su luna de miel, ella iba a empezar a tejer los hilos de su unión.

Iba a salir bien, sabía que podía ser así.

Tenía que ser así.

Porque de no salir bien, su matrimonio no tenía futuro. Si no conseguía transformar la pasión de Ramón por ella en algo más profundo, el deseo acabaría desvaneciéndose y no quedaría nada. De ser así, al final lo perdería. Ramón se alejaría de ella para siempre.

Pero disponía de tiempo e iba a hacer todo lo posible por aprovecharlo bien.

E iba a empezar esa misma noche.

Capítulo 11

GRACIAS a Dios el banquete estaba llegando a su fin, pensó Ramón con alivio.

Estallaría si tenía que aguantar una hora más charlando, agradeciendo felicitaciones, sonriendo y oyendo chistes sobre la noche de bodas.

No se trataba de que no hubiera disfrutado en el banquete, lo había hecho... al principio. Lo había pasado bien con su familia, bailando con Estrella y Cassie y Mercedes; pero ya se había hartado.

Quería estar a solas con su mujer.

Su esposa.

Paseó la mirada por el salón de fiestas hasta encontrar a Estrella con los ojos; resplandeciente con ese vestido escarlata, charlaba con Mercedes y reía por lo que ésta le estaba diciendo.

—Está preciosa, ¿verdad?

Su padre se había acercado a él con un vaso de vino en la mano. También tenía sus oscuros ojos fijos en Estrella, pero había algo en su expresión que llamó la atención de Ramón.

La voz de Juan Alcolar tenía un tono ligeramente ronco y sus ojos poseían un desacostumbrado brillo, haciendo sospechar lágrimas en ellos.

Raramente la expresión de su padre traicionaba sus sentimientos, pensó Ramón. De hecho, Juan Alcolar era un hombre muy reservado, incluso con su familia, a excepción de con Mercedes. Había sido así desde que se conocieron, desde el día en que él se presentó en la oficina de Juan Alcolar y le exigió que le confirmara la verdad sobre su parentesco, que le confirmara si Juan era su padre y no el recientemente fallecido Rodrigo Darío.

—Me recuerda a Honoria.

Ramón volvió la cabeza sin disimular su sorpresa, incapaz de dar crédito a lo que acababa de oír. Honoria había sido la esposa de Juan, la madre de Joaquín y Mercedes. Le sorprendió que su padre hablara de ella, jamás lo había hecho.

—¿Se parecía a Estrella? —preguntó Ramón con cautela.

—Mucho.

Juan bebió un sorbo de vino como si quisiera darse ánimos a sí mismo para continuar.

—No cometas los mismos errores que yo cometí, Ramón.

—¿Qué errores?

Ramón se dio cuenta de que su voz había endurecido y se preguntó si ese hecho silenciaría a su padre; no obstante, Juan pareció dispuesto a abrirse un poco.

—Amé mucho a dos mujeres —respondió Juan—. Al final, las perdí a las dos.

—Mi madre...

Su padre asintió seriamente.

–Adoraba a Marguerite, pero era joven y... alocado. Le dije que no quería comprometerme con nadie ni casarme, y le destrocé el corazón. Por eso fue por lo que se casó con Rodrigo Dario.

¿Por qué ahora?, se preguntó Ramón. ¿Por qué hablaba ahora de su madre?

–Pero volviste a verla.

–Sólo una vez. Nos encontramos accidentalmente unos años después, yo ya me había casado con Honoria y Joaquín casi tenía dos años.

Juan lanzó un profundo suspiro.

–No había cambiado nada. Seguía siendo la mujer más bonita que había visto en la vida, la mujer de mis sueños. Se sentía sola, perdida. Ella y Dario no habían conseguido tener hijos y su matrimonio era un desastre. No me enorgullezco de lo que ocurrió. Pasamos una semana juntos durante un viaje de Rodrigo a América. Una semana maravillosa. Pero los dos sabíamos que no podía durar. Ninguno de los dos podíamos vivir con el sentimiento de culpa que ello conllevaba; por lo tanto, nos separamos.

Juan vació su copa.

–Tú naciste nueve meses después.

–Y mi madre murió antes de que cumpliese dos años.

Ramón sólo la recordaba por las fotos.

–Pero pronto la olvidaste –dijo Ramón, incapaz de contener un tono de amargura en la voz–. Alex es sólo un año menor que yo.

–¡No! –negó su padre con firmeza–. No fue así, casi me volví loco. Pasé un tiempo en el que no sabía lo que hacía. Durante un viaje a Inglaterra, conocí a una mujer, el ama de llaves de la casa en la que estaba. Esa mujer se parecía mucho a Marguerite. Una noche, me emborraché y... en fin, sólo fue una noche. Nunca supe que se quedó embarazada, sólo lo supe cuando apareció Alex.

–En ese caso, ¿quién?

Estrella había acabado su conversación con Mercedes y buscaba a alguien con la mirada. Mientras Ramón la observaba, ella lo miró, sonrió y se encaminó en su dirección.

–¿Que quién era la otra mujer a la que amé? ¿Quién iba a ser? Honoria, mi esposa, la madre de Joaquín y Mercedes.

–Pero... yo creía que había sido un matrimonio de conveniencia.

–Lo fue al principio, hasta que me di cuenta de lo que tenía.

–En ese caso, es a Joaquín a quien deberías contarle esto.

–Lo hice, el día de su boda. Ha sido Joaquín quien me ha pedido que te lo dijera también a ti.

–¿En serio?

Estrella estaba cerca. Pronto se reuniría con ellos. Su presencia casi le hacía imposible concentrarse.

–Te pareces mucho a mí, Ramón, y Joaquín lo sabe. Los dos queremos que seas feliz.

–Lo soy...

De repente, a Ramón le habría gustado tener también una copa de vino. La garganta se le había secado súbitamente.

–¿Qué errores? –preguntó con los ojos clavados en la mujer vestida de escarlata.

–No me entregué lo suficiente –respondió su padre sin tener que decirle que le explicara la pregunta–. Tenía lo que quería, pero no me comprometí lo suficiente y, al final, fue demasiado tarde.

–En ese caso, no te preocupes...

Ramón se interrumpió cuando Estrella se detuvo a su lado y entrelazó el brazo con el suyo.

–¿Que no se preocupe por qué? –preguntó ella con curiosidad.

–Por nosotros –respondió Ramón apresuradamente–. A mi padre le parece que deberíamos marcharnos ya con el fin de no hacer el trayecto a la casa de la playa en mitad de la noche.

Mirándola a la cara, Ramón le acarició la mejilla con la yema de un dedo.

–Y a mí también me lo parece –añadió Ramón con voz espesa–. Es hora de que empecemos nuestra vida de casados.

–Estoy de acuerdo.

La voz de ella, su sonrisa, le hicieron desearla inmediatamente; si no se quedaban a solas pronto iba a volverse loco. Fue un alivio oír a Estrella añadir:

–Sólo necesito cambiarme de ropa y seré toda tuya.

«¡Toda tuya!» ¿Era consciente Estrella de la reacción que unas palabras así pronunciadas en ese tono provocaban en él? Sospechaba que así era.

Sabía que no podía ser, pero Estrella se le antojó una persona diferente, como si algo le hubiera ocurrido. Algo parecía haberla hecho cambiar, sutil pero drásticamente, convirtiéndola en una persona diferente.

–Entonces, ve a cambiarte –dijo Ramón con voz ronca.

No pudo evitarlo y la besó en los labios. La sintió responder inmediatamente, abriendo la boca bajo la suya. Sintió la punta de la lengua de Estrella en los labios y deseó poder lanzar un gruñido de satisfacción.

Pero Ramón logró contenerse, logró resistir la tentación. Por fin, apartó los labios de ella.

–Pero no tardes. Te estaré esperando...

Fue una advertencia y una promesa; y al fijarse en la expresión de Estrella, se dio cuenta de que ella le había comprendido perfectamente. Entonces, la vio clavarse los dientes en el labio inferior.

De repente, no pudo soportar la idea de que se hiciera daño, ni siquiera a sí misma con los dientes.

–No hagas eso –murmuró Ramón antes de besar las huellas que los dientes de Estrella habían dejado en su propio labio–. No lo hagas.

–No lo haré –respondió ella asintiendo y suspirando.

La tensión sexual entre ellos era casi palpable. Ramón tenía que sacarla de allí cuanto antes.

A pesar suyo, apartó la boca de la de Estrella. O eso, o...

No, no debía ni pensarlo.

–Vamos, señora de Dario, ve a cambiarte –le ordenó Ramón–. Y date prisa.

–Por supuesto, mi señor. Haré lo que mi esposo me ordene.

¡Bruja! Estrella sabía perfectamente lo que le estaba haciendo. Ramón se debatía entre la necesidad de irse a buscar la copa que necesitaba o seguir observando los movimientos del exquisito cuerpo de Estrella mientras comenzaba a alejarse. Al final, se decidió por esto último; y los momentos durante los que Estrella subió las escaleras hacia el cuarto donde iba a cambiarse fueron una auténtica tortura para él.

Ramón no apartó los ojos de ella hasta no verla desaparecer. Después, cerró los ojos. Sólo podía pensar en el momento en que la tuviera para él solo, el momento en que podría despojarla de toda la ropa y poseerla a su antojo.

Estaba perdido. Estaba atrapado, era prisionero de esa mujer y no conseguiría liberarse. Su padre no tenía motivos para preocuparse, ninguno.

–Señor Darío... Ramón.

Ramón reconoció la voz antes de volverse hacia la persona que lo había llamado.

–¿Qué tal, don Alfredo?

–Me parece que tenemos que concluir un asunto que está pendiente.

–¿Ahora?

Ramón hizo un esfuerzo por controlar su frustración. Claro que era el momento, él mismo había insistido en que así fuera. Iban a firmar el contrato; después, no quería volver a oír a hablar de ese asunto.

–Sí, claro. ¿Tiene usted los papeles?

–Sí, los tengo aquí.

El padre de Estrella se tocó el bolsillo interior de la chaqueta del traje.

–Y ahí hay una habitación...

Alfredo Medrano indicó una puerta con la mano.

–Me han asegurado que no se nos molestará.

–De acuerdo.

Ramón se pasó una mano por el cabello, dispuesto a concluir el negocio.

–Está bien, acabemos con este asunto.

Estrella, tarareando una canción, se quitó el vestido escarlata y lo colgó en una percha.

Se sentía bonita. Se sentía irresistible. ¿Como podía no ser así después de haber visto la forma como Ramón la miraba, de haber visto pura pasión reflejada en sus ojos, en su beso?

Ramón no le había dicho que la amaba, pero se sentía optimista, esperanzada... y estaba convencida de tener muchas probabilidades de hacer que su matrimonio fuera un éxito.

Después de cambiarse, agarró su bolso y salió de la habitación. Bajó las escaleras de camino hacia el salón de fiestas aún tarareando la canción de antes.

Al llegar a un descansillo donde la escalera hacia una curva pudo ver el interior del salón, aunque nadie podía verla a ella. Allí, de repente, el sonido de una puerta al abrirse llamó su atención. Lo que vio la dejó inmóvil. De repente, el corazón le dio un vuelco.

Ramón.

Ramón y su padre estaban saliendo de la habitación. Juntos.

Y eso sólo podía significar una cosa.

Era igual que la escena que tuviera lugar unas semanas atrás en la biblioteca de su padre, cuando habían...

No, no quería pensar en eso. Deseó no haber visto nada.

Pero lo había visto y nada podía cambiarlo.

Había visto a Ramón salir delante de su padre mientras se metía un sobre blanco en el bolsillo interior de la chaqueta. Había visto a su padre meterse un bolígrafo de oro también en un bolsillo de la chaqueta.

La boda ya había tenido lugar. Ya habían hecho sus votos matrimoniales. Ramón y ella eran marido y mujer; por lo tanto, los documentos de la compraventa de la cadena de televisión debían firmarse. Ramón no se había molestado en esperar al día siguiente, aunque sólo fuera por delicadeza.

Se sintió como si le hubieran dado una puñalada en el corazón, hasta le dieron ganas de gritar. Sin embargo, haciendo un ímprobo esfuerzo, logró controlarse. Aunque se mordió el labio inferior con tal fuerza que pudo saborear unas gotas de sangre.

—Así que ibas a hacer que te amara, ¿verdad, tonta? —susurró para sí misma, reconociendo que se había olvidado de la amarga realidad, que se había dejado llevar por un sueño imposible—. Te has engañado a ti misma. Sabías perfectamente lo que Ramón quería y el amor no forma parte de ello.

Por suerte, Ramón no la había visto. Seguía en ese rellano de la escalera y no se había movido. Nadie la había visto.

Y allí permaneció, observando a través de una cortina de lágrimas. Lágrimas que trataba de contener a toda costa.

Iba a contar hasta treinta y luego bajaría, pensó. Treinta segundos serían suficientes.

–Uno... dos...

Era extraño que Ramón, a pesar de haber conseguido todo lo que quería en ese momento triunfal, no pareciera contento. En realidad, era todo lo contrario. Su esposo tenía el ceño fruncido y la expresión sombría; los músculos alrededor de la boca se veían tensos. Parecía a punto de estallar.

–Catorce...

¿O eran veinte?

Había perdido la cuenta. No sabía lo que estaba haciendo ni dónde estaba. Quizá lo mejor fuese empezar otra vez. O...

–¡Estrella!

Era la inconfundible voz de Ramón. No se había dado cuenta de que él se había acercado al pie de la escalinata y la estaba mirando.

–¡Estrella!

Ella parpadeó y le vio ascender un peldaño antes de detenerse. No iba a subir hasta el rellano, esperaba que ella bajara.

Estrella bajó las escaleras tan rápidamente como pudo con esos tacones tan ridículamente altos.

Apenas había llegado al pie de la escalinata cuando la mano de Ramón agarró la suya.

–¿Lista? –preguntó Ramón en un tono completamente diferente al que había empleado en la iglesia cinco horas atrás.

–Sí –logró contestar ella.

Mientras Ramón la guiaba a través de la sala, Estrella se sentía confusa.

Ramón se había casado con ella para adquirir la cadena de televisión, y quizá también para que su hijo heredase un título nobiliario. Ahora que tenía lo que quería, no necesitaba disimular sus verdaderos sentimientos por ella; de no ser así, ¿por qué se estaba mostrando tan brusco?

A menos, por supuesto, que su padre le hubiera hecho trampa y se hubiera negado a firmar el contrato.

De haber ocurrido eso, ¿qué esperanzas de futuro tenía su matrimonio?

No lo sabía, y Ramón no parecía estar de humor para hablar de ello. Ahora iba a irse con ese hombre colérico a pasar dos semanas de luna de miel a solas con él.

Logró llegar hasta la puerta, a pesar de que las piernas le temblaban. Logró sonreír y despedirse de los invitados como si no pasara nada. Y también logró entrar en la limusina.

Ramón se sentó a su lado y dio unos golpes suaves en el cristal que separaba la parte posterior de la del conductor.

–Ya podemos irnos –le dijo Ramón al chófer.

Paco puso en marcha el motor del coche y ella se encontró a solas con Ramón en el pequeño espacio que el vehículo ofrecía.

Capítulo 12

¿OCURRE algo?

Era la segunda vez que Estrella hacía la misma pregunta; la primera vez había sido cuando el coche estaba saliendo de la ciudad para tomar la carretera del norte. Ramón no había podido contestarle entonces y seguía sin querer hacerlo. Le resultaba difícil hablar, incluso mirar a su esposa.

—No me apetece hablar en estos momentos, Estrella —respondió él secamente.

—¿Demasiada bebida?

—Demasiado de otras cosas —murmuró Ramón recostando la cabeza en el respaldo del asiento.

Ramón cerró los ojos para bloquear el mundo exterior que no quería ver. Demasiados artificios. Demasiadas dudas habían puesto a prueba sus nervios. Demasiadas... esperanzas que se habían visto frustradas.

Demasiadas desilusiones.

No sabía qué era peor, si la ira que sentía y que le hacía imposible pensar racionalmente o la sensación de que se hubieran aprovechado de él y que lo hubieran utilizado.

—¿Demasiada... gente a la que sonreír aun sin

tener ganas de ello? —continuó Estrella con voz exasperantemente incierta.

Ramón no sabía a qué se debía ese tono de voz exactamente. ¿Quizá al sentimiento de triunfo que le producía el haber conseguido lo que quería? ¿O se debía a la incertidumbre, a querer enterarse de lo que él había estado discutiendo con su padre? ¿Era posible que Estrella no lo supiera?

Ramón estaba seguro de que Estrella lo había planeado todo desde el principio.

—Sé exactamente lo que se siente.

—Sí —Ramón no pudo evitar responder en tono cínico—. Sí, no me cabe duda de que lo sabes.

¿Sabía también lo que se sentía cuando uno se enteraba de que le habían estado tomando el pelo y que había picado en el anzuelo como un idiota?

Había llegado a pensar que Estrella era diferente, que los rumores sobre su conducta y reputación no eran ciertos. Pero se había equivocado completamente. Había sido un imbécil al pensarlo. La clase de imbécil que se había olvidado de las lecciones aprendidas en la vida y había cerrado los ojos a la evidencia.

Maldito Alfredo Medrano por no haber sido capaz de mostrar un mínimo de paciencia para hacerse con el dinero, por lo que había elegido el momento más vulnerable para dar el golpe mortal. Y maldito él mismo por haber bajado la guardia justo cuando debería haber alzado sus defensas. Y maldita, maldita Estrella por ser la causa de su vulnerabilidad.

Ella debía haber descubierto su punto débil y lo había explotado.

¡Maldita Estrella!

Con un furioso suspiro, Ramón se pasó la mano por la frente. De repente, se quedó inmóvil al sentir los dedos de ella en su otra mano.

—¡No!

—Ramón, ¿qué es lo que pasa?

Le provocó casi una náusea oírle hablar en tono sincero. Debía de ser una consumada actriz.

—Sabía que, al final, el sentido común prevalecería...

La voz de Alfredo resonó en su mente e, inmediatamente, sintió un nudo en el estómago.

—Cuando se dio cuenta de que estaba a punto de perderlo todo... Mi hija sabía que yo hablaba en serio. Sabía que si no se casaba lo perdería todo. Eso cambió la situación.

Estrella no le había mencionado que su padre la había amenazado con desheredarla.

—Bueno, usted ya tiene lo que quería, su hija es una mujer casada —había logrado contestar él.

Alfredo había asentido con la cabeza, una sonrisa triunfal en el rostro.

—Y ella también ha conseguido lo que quería. No permite que nadie la rechace... como hizo usted. Yo sabía que se lo haría pagar, y lo ha hecho.

—¡No he pagado nada! Me he casado con ella porque he querido.

—Eso cree, pero no tenía elección. Mi hija ha ido a por usted como fue a por Perea. «Será Ramón Darío o nadie», me dijo. Y ahora ya lo ha conseguido, como consiguió al otro.

—¿Ramón?

Ramón abrió los ojos y se encontró delante los de Estrella.

«Sabías que tu padre te iba a desheredar», estuvo a punto de decirle él. «Toda esa charla sobre la libertad y que me deseabas era mentira. Al final, lo único que te importa es el dinero. Te has casado conmigo y me has utilizado por dinero».

–¿Te duele la cabeza?

–Estrella, déjalo ya –murmuró Ramón–. Estoy muy cansado, ha sido un día muy largo.

Había sido un día muy largo y no iba a terminar como él había imaginado.

–¡Está bien!

Era evidente que Estrella se había disgustado.

Ramón ya no se fiaba de ella y la forma como lo había utilizado le había dejado un mal sabor de boca.

Pero aún la deseaba. Y por muy estúpido que fuese, ni la decepción que se había llevado conseguía evitar que la deseara. Sabía la clase de persona que era Estrella, pero su atractivo físico le resultaba irresistible.

Y era su esposa.

–Ven aquí.

–¿Qué?

Estrella no daba crédito a lo que acababa de oír. Hacía un momento Ramón se había negado a contarle qué le pasaba; pero ahora, de repente, parecía haber cambiado de idea.

–Ven aquí –repitió él, haciendo un arrogante gesto con la mano para que se acercara.

Estrella pensó en negarse, pero el momento

pasó enseguida. ¿Cómo podía negarse siendo el su marido y amándolo tanto? Además, si quería poner en marcha su plan hasta conseguir que Ramón la amara, aquélla era la única forma de conseguirlo. Tenía que hacerse desear con el fin de que Ramón permaneciera a su lado.

–Estrella...

Oyó una nota de advertencia en la voz de Ramón, y no quería arriesgarse a estropear la noche. Se acercó a él, sintió los brazos de Ramón alrededor de su cuerpo y se sintió derretir. En un momento de lucidez, se dio cuenta de por qué jamás se enfrentaría a ese hombre ni se rebelaría contra él.

Un fuego líquido recorría su cuerpo, la sangre le palpitaba en las sienes y los latidos del corazón le dificultaban la respiración. El cuerpo entero se puso en tensión y un inquieto palpitar comenzó a hacerse sentir en el centro de su femineidad. Estaba perdida y Ramón ni siquiera la había besado.

Pero quería que la besara. Alzó el rostro y, con la cabeza apoyada en el hombro de él, volvió el rostro buscando la boca de Ramón con la suya.

No tuvo que pedírselo. No tuvo que decir nada. Ramón sabía lo que quería y respondió con rapidez. No le importó que el beso fuera duro en vez de tierno, ni cruel en vez de incitante. Ramón era su marido, era prácticamente un desconocido, era un hombre al que no comprendía. Pero sabía cómo llegar a él, ya lo había hecho con anterioridad.

Y estaba haciéndolo de nuevo, eso era lo único que importaba.

Al doblar el coche una curva, Estrella se vio

lanzada aún más hacia él, quedando casi sentada en su regazo a pesar de los cinturones de seguridad.

Ramón no había dejado de besarla.

El duro y casi brutal beso cambió bruscamente, transformándose en algo sensual y provocador. Estrella se sintió casi mareada cuando sintió unas fuertes manos abrirle la chaqueta para acariciarle el cuerpo por encima del tejido de la blusa hasta encontrar la apertura entre la blusa y la cinturilla de los pantalones color crema.

Al sentir las yemas de los dedos de Ramón en la piel, Estrella lanzó un gemido junto a la boca de él.

La risa de Ramón fue triunfal. Sus manos le subieron por debajo de la blusa hasta los pechos.

Estrella volvió a gemir.

—¡Ramón!

Pero él sabía perfectamente lo que ella necesitaba, lo que quería. No obstante, continuó torturándola hasta que, por fin, le puso las manos en la espalda y le desabrochó el sujetador.

Estrella temió estallar al sentir las manos de Ramón en sus pechos desnudos. No podía ver, no podía oír, no sabía dónde estaba. No podía hacer otra cosa que no fuera entregarse a ese hombre, a la misteriosa sensualidad con que sus caricias y sus besos la envolvían... atormentándola con la necesidad de más, mucho más. Tanto que cuando una de las manos de Ramón abandonó un seno, ella protestó momentáneamente. Pero la protesta se transformó en un suspiro de placer cuando los cálidos dedos de él se deslizaron por debajo del pantalón para acariciarle las nalgas y las caderas.

En tal delirio de placer se encontraba que Estrella no se dio cuenta de que el coche se había detenido y que el conductor le estaba diciendo algo a Ramón. Cuando éste se enderezó y se apartó, ella protestó con petulancia, agarrándole la barbilla. Pero Ramón alzó la cabeza.

—¡Estrella! —exclamó él con mezcla de exasperación, reproche y humor—. ¡Ya hemos llegado, Estrella!

Entonces, cuando ella parpadeó mientras intentaba escapar del delirio en el que se había visto sumida, Ramón bajó el rostro y le dio un breve beso en los labios.

—Sólo tienes que esperar un poco, mi Estrella. Sólo un poco. Paco no se va a quedar, sólo va a sacar el equipaje y se marchará. Te prometo que haré que se vaya lo antes posible. Y entonces... serás mía. Ten paciencia, pero no pierdas el deseo.

¿Cómo podía ser de otro modo?, se preguntó Estrella.

Salió del coche tropezándose, sólo consiguió mantenerse en pie con la ayuda de Ramón, que le rodeó la cintura con el brazo.

Se quedó a su lado mientras Ramón supervisaba las maletas y le oyó darle las gracias a Paco, al tiempo que le ofrecía una generosa propina antes de despedirse de él.

Estrella ni siquiera distinguía entre la noche y el día cuando Ramón cerró la puerta con el pie y se volvió a ella.

—Solos... consiguió decir Estrella.

—Solos —repitió Ramón—. Y sigo deseándote.

Capítulo 13

SIN encender las luces, Ramón tomó a Estrella en sus brazos y se encaminó hacia las escaleras.

La luna iluminaba el dormitorio, pero Ramón no le dio tiempo para examinarlo. Mientras la soltaba para dejarla en pie, le quitó la chaqueta, la blusa y el sujetador, que seguía desabrochado. Arrojó las prendas a un oscuro rincón de la estancia.

La etapa siguiente duró algo más. No debido a que Ramón titubeara, sino a que se tomó su tiempo para besarle el cuerpo, empezando por la cabeza y bajando... bajando...

Estrella sintió la calidez de la boca de Ramón en el rostro, en la nariz y brevemente en los labios antes de continuar su camino. Dedicó especial atención a los hombros, a los pechos, al vientre... Y cuando llegó a la cinturilla de los pantalones, ella estaba temblando y deseosa de arrodillarse en el suelo.

–No –murmuró Ramón al ver que ella se iba a dejar caer.

Ramón la mantuvo de pie y, con una mirada de

deseo, le indicó que se quedara quieta mientras él la despojaba del resto de la ropa.

Ramón continuó besándola, más y más abajo... el rizado triángulo, el interior de los muslos. Pero cuando la besó íntimamente, ella no pudo contenerse.

–¡Ramón! –exclamó Estrella aferrándose a los hombros de su esposo–. Ramón, por favor... Te deseo, te deseo.

Por fin, aún arrodillado, Ramón la empujó hacia atrás hasta hacerla caer en la cama. El se tumbó encima, cubriéndole el cuerpo con el suyo mientras ella tiraba de su ropa, del cinturón.

–¡Tranquila! –Ramón lanzó una ronca carcajada.

Estrella lanzó un quedo grito cuando logró liberarle. Al momento, fue a tomar el miembro en sus manos, pero Ramón le agarró la muñeca, impidiéndoselo.

–No –murmuró él–. Ahora no.

Ramón le subió una mano por encima de la cabeza y se la sujetó encima de la cama mientras se colocaba entre sus piernas, utilizando una rodilla para separarle los muslos. En cuestión de segundos se colocó entre los muslos de ella, forzando su erección contra el centro de la femineidad de ella.

–Lo que quiero es esto...

Se adentró en ella al acabar la última palabra, encontrándola lista y anhelante, a punto de alcanzar el clímax.

Pero no quería que tuviera el orgasmo con tanta rapidez, por lo que dejó de moverse y se limitó a besarla.

Con los ojos cerrados, Estrella movió la cabeza a izquierda y derecha mientras se preguntaba hasta cuándo podría aguantar así. Quería seguir y seguir de esa manera; sin embargo, simultáneamente, deseaba el momento de liberarse de toda esa tensión sexual.

–Oh, Ramón... por favor...

Al final tuvo que rogarle, consciente de que no podía soportar un segundo más. Y Ramón empezó a moverse al tiempo que le susurraba palabras al oído con voz áspera y ronca.

Al parecer, él también había necesitado detenerse para no estallar. Porque sólo transcurrieron unos segundos antes de que el cuerpo de Ramón se tensara.

Al instante siguiente, ambos perdieron el control. El mundo externo dejó de existir. Estrella dejó escapar un grito, que la fuerza de los labios de Ramón ahogó. En ese mismo momento, una explosión tuvo lugar dentro de su cuerpo, lanzándola a un mundo de estrellas, meteoritos y cegadora luz.

Transcurrió tiempo antes de que Estrella recobrara el sentido de la realidad. Poco a poco, la cabeza dejó de darle vueltas, su respiración se hizo regular y el corazón empezó a palpitarle a un ritmo normal. Pero se sentía exhausta, se durmió y se despertó varias veces antes de cambiar de postura, estirarse, abrir los ojos...

Se quedó helada al notar el extraño silencio en la habitación.

No era el cómodo silencio que había esperado. El cómodo silencio entre dos personas que habían hecho el amor apasionadamente hacía poco tiempo y que se habían dormido el uno en los brazos del otro.

No estaba en los brazos de Ramón. De hecho, Ramón estaba...

¿Dónde estaba Ramón?

Estrella se incorporó ligeramente en la cama apoyándose en un codo. Al mirar a su alrededor, vio a Ramón sentado en el borde de la cama.

—¿Qué estás haciendo?

Sin que él le dijera nada, Estrella advirtió el peligro. Estaba totalmente desnuda, aunque Ramón le había cubierto el cuerpo con la sábana. Pero él estaba completamente vestido; llevaba pantalones negros y camisa blanca. Y la estaba mirando con fríos ojos.

—¿Qué... qué estás haciendo?

—Estaba esperando a que te despertaras —las palabras fueron acompañadas de una gélida mirada.

—¿Por qué? ¿Ha pasado algo? ¿Ocurre algo?

La cruel sonrisa de Ramón le heló la sangre.

—Claro que no, todo está tal y como tú querías.

—¿Como yo...? No sé de qué estás hablando.

Estrella parecía realmente perpleja, pensó Ramón con cinismo. Parecía que verdaderamente no sabía a qué se estaba refiriendo él. Le entraron ganas de reír al ver la perfecta actuación de su esposa. Pero, al mismo tiempo, en lo más profundo de su ser, se preguntó si realmente Estrella no sabía de qué estaba hablando.

No, eso no podía ser. Estrella tenía que saberlo.

—Has conseguido lo que querías —insistió Ramón.

—Oh, sí, es verdad —Estrella se estiró lánguidamente—. Así es.

La sonrisa de ella se le clavó en el corazón como un puñal.

—Y tú —dijo Estrella.

De repente, ella se sentó derecha, cubriéndose con la sábana.

—Tú también has conseguido lo que querías, ¿no? ¿O es que mi padre se ha negado a firmar?

Ramón sacudió la cabeza.

—No, en absoluto. Tu padre estaba deseando firmar.

—En ese caso, ¿a qué viene ese mal humor?

—He estado pensando en nuestro matrimonio.

Y había llegado a una terrible conclusión.

—Y yo.

Deslizándose por la cama hacia él, Estrella le puso una mano en el brazo y se lo acarició.

—Ha sido lo primero en que he pensado al despertarme —añadió ella.

Ramón no respondió, a pesar de querer hacerlo. El deseo volvió a despertar en él. Pero sabía que, si la tocaba, no podría echarse atrás.

Por lo tanto, permaneció donde estaba, frío y duro como él mármol.

—Oh, Ramón, no puede ser eso lo que te tiene preocupado...

Acercándose más, Estrella apoyó la cabeza en

su hombro, dejando que la sábana cayera a la cama.

Ramón sabía qué estaba pasando. Estrella intentaba distraerle por medio de la seducción. Pero no quería ninguna distracción. En el coche se había dicho a sí mismo que no importaba, que se había casado con ella porque la deseaba... y seguía deseándola, más que nunca.

Podía conformarse con eso.

Pero no era así. El deseo satisfecho no podía borrar de su mente la forma como Estrella le había mentido y lo había utilizado.

El deseo no era suficiente.

—Sabemos que este matrimonio puede salir bien —la oyó decir en un susurro.

Pero el sexo no era la respuesta, a pesar de que Estrella así lo creyera. El sexo podía incluso llegar a desaparecer de sus vidas; entonces, ¿qué les quedaría?

—Los dos hemos entrado en el matrimonio con los ojos abiertos. Los dos sabíamos lo que queríamos y lo hemos conseguido.

—Pero tú has conseguido mucho más que lo que me dijiste que querías.

Eso la dejó literalmente boquiabierta. Los negros ojos de Estrella lo miraron con una expresión de absoluta incredulidad.

—Más qué... más qué... ¡Ah, sí!

Estrella se echó a reír.

¿Cómo tenía el valor de reírse?

Esa risa, casi histérica, le sacó de sus casillas.

—Sí, es verdad que he conseguido mucho más

que lo que pensaba conseguir, pero no pensé que te darías cuenta de ello.

—¡Así que nunca lo pensaste!

Fue una exclamación acompañada de pura furia. Furia y dolor.

Ramón no podía aguantar seguir al lado de ella ni un segundo más. No podía continuar sentado en la cama con la cabeza de Estrella en el hombro, claramente pensando que lo único que tenía que hacer era besarlo y...

—¡No!

Ramón se apartó de ella violentamente, haciéndola perder el equilibrio hasta caer en la cama. Al instante, él se puso en pie y luego la miró con desprecio.

—¡Por fin lo has admitido! Es verdad, ¿no?

—Sí... creo...

Estrella se interrumpió y, de repente, su rostro palideció.

—¿Cómo... lo has sabido?

—¡Tu padre, por supuesto! —le espetó él—. No esperabas que me lo dijera, ¿verdad? Y te aseguro que lo ha hecho encantado.

—¿Mi... padre...? Ramón, ¿de qué estamos hablando?

—¡Por favor, Estrella! —Ramón estalló—. No intentes echarte atrás, ya has admitido que es verdad. Tu padre y tú habéis conseguido lo que os proponíais. Tú te has casado, aunque yo sólo fuera el décimo de tu lista, y también tienes la herencia que dependía de tu matrimonio. Incluso has conseguido un marido con el que te lo pasas bien en la cama. ¿Era ése el problema con los otros, Estrella, que no te apetecía acostarte con ellos?

Estrella no sabía qué contestar; aunque, de haberlo sabido, Ramón no la habría escuchado.

–¡Tu padre ha recuperado su buen nombre, también la posibilidad de un nieto para heredar su fortuna y el título, y ha conseguido un imbécil que le ha comprado la cadena! ¡Y yo he caído en la trampa!

–¡No!

Pero Ramón se negó a escucharla.

–Sí, claro que sí. Pero se acabó, querida. Se acabó. ¡Estoy harto! Has conseguido casarte, espero que te sea suficiente. Y ojalá lo que hemos hecho esta noche produzca el resultado que tu padre quiere. Si realmente deseabas darle un heredero, reza por haberte quedado embarazada... Porque te juro que no voy a volver a tocarte en la vida.

–Ramón...

Pero Ramón continuó negándose a escucharla.

Se dio media vuelta y salió del dormitorio. Con la intención de poner la mayor distancia posible entre su esposa y él, se marchó de la casa sin saber adónde iba.

Capítulo 14

ESTRELLA no podía creer que se hubiera dormido.

Lo había hecho sin darse cuenta. Lo único que sabía era que había cerrado los ojos un momento y, al abrirlos otra vez, la luz era diferente. Una rápida mirada al reloj le dijo que eran las cuatro de la madrugada. La hora más oscura de la noche.

La hora más oscura es justo antes del amanecer. Un amanecer sentimental sólo podía ocurrir si hablaban, si intentaban solucionar las cosas.

Pero la casa seguía tan silenciosa como antes.

Y ella se sentía desconsolada y con un terrible dolor de cabeza.

Una taza de café podía aliviarla.

Se vistió y decidió salir a buscar la cocina.

No sabía dónde estaban los interruptores de la luz, por lo que buscó las escaleras a tientas y las bajó con cuidado. El vestíbulo y el cuarto de estar estaban a oscuras también.

¿Qué camino debía tomar para llegar a la cocina?

–Hay un interruptor de la luz a tu derecha...

La voz en la oscuridad la sobresaltó.

—No te asustes, soy yo —dijo Ramón con voz queda—. A la altura de tu hombro.

Tras unos segundos, Estrella encontró el interruptor y encendió la luz. Parpadeó al instante.

Ramón estaba sentado en uno de los sillones al fondo de la estancia, junto a una chimenea grande y vacía. Tenía un aspecto terrible: el cabello revuelto, ojeras bajo unos ojos carentes de brillo en ese momento y barba incipiente. Parecía un vagabundo.

—No te he oído en la casa.

—No quería hacer ruido para no despertarte.

¿Cómo debía interpretar esas palabras? ¿No quería despertarla por consideración o no quería despertarla porque no deseaba hablar con ella?

—¿Cuánto tiempo llevas aquí?

Unos sombríos ojos grises la miraron.

—Una hora más o menos. Quizá una hora y media.

—¿Y has estado todo ese tiempo aquí sentado a oscuras?

Ramón asintió.

—Tenía mucho en lo que pensar.

—Ah.

Estrella no pudo decir nada más. No se atrevía a preguntarle en qué había estado pensando, aunque lo suponía. Y no estaba segura de querer conocer la conclusión a la que su marido había llegado. Probablemente se lo diría pronto.

Se refugió en detalles sin importancia, como la razón por la que había bajado.

–Yo... iba a prepararme algo de beber. ¿Te apetece tomar algo?

Ramón miró hacia un lado de la estancia.

–Siéntate, yo prepararé algo.

–Pero... –Estrella empezó a protestar, pero se calló cuando él alzó una mano para silenciarla.

–Es más fácil que lo haga yo. Sé dónde está todo. ¿Quieres café o algo más fuerte?

–Café, gracias.

Una bebida alcohólica acabaría con ella. Estaba agotada, a pesar de haber dormido algo.

Cuando le vio dirigirse a lo que, presumiblemente, era la cocina, Estrella le preguntó:

–¿En qué has estado pensando?

Había hecho la pregunta en voz tan baja, que sólo supo que Ramón la había oído cuando lo vio detenerse delante de una puerta, volver la cabeza y mirarla.

–Hablaremos cuando vuelva con el café –respondió él.

Estrella no pudo adivinar el humor de Ramón por el tono de su voz, y los ojos habían permanecido inescrutables. De momento, no le quedaba más remedio que esperar. Insistiendo sólo conseguiría irritarle, y no quería hacerlo. Por lo tanto, con un esfuerzo, se sentó en uno de los sillones.

«¿En qué has estado pensando?». ¿Cómo iba a responder?, se preguntó Ramón a sí mismo mientras empezaba a preparar el café.

¿En qué había estado pensando?

En Estrella, por supuesto.

En Estrella y en nada más. En Estrella y en su

relación... eso, si tenían una relación. Si él quería una relación. Y de ser así, ¿adónde los conduciría?

Eso si quería que los condujera a alguna parte, cosa de la que no estaba seguro.

Demasiadas dudas. Y pensar no lo había ayudado en nada.

No le llevó mucho preparar el café. Acabó de hacerlo demasiado pronto. Y ahora tenía que volver a la habitación en la que Estrella le aguardaba.

—Aquí tienes...

Ramón le dejó la taza de café en una mesa al lado de donde estaba sentada; después, fue con su café hacia el sillón opuesto al de ella. Pero, sintiéndose demasiado inquieto para sentarse, optó por quedarse de pie y, apoyándose en la pared, se quedó mirando a Estrella.

—Bueno, ¿de qué querías que hablásemos? —preguntó ella.

—Me parece que nuestro matrimonio no tiene ningún futuro —respondió él sin andarse con rodeos—. No va a salir bien.

—¿Por qué no? ¿Qué es lo que ha cambiado de repente?

—¿Que qué es lo que ha cambiado? Bien, en primer lugar, no olvides que la razón de casarme contigo era para ayudarte. Me dijiste que necesitabas ayuda para evitar los intentos de tu padre de casarte. Necesitabas una salida.

—Y así era. Incluso viste por ti mismo...

El rostro de Estrella estaba aún más pálido que antes.

–Lo único que vi fue lo que tú querías que viera –la interrumpió Ramón–, y sólo un aspecto de la situación. Vi a una pobre chica rica, justo lo que querías que viera. Una representación teatral, eso es lo que vi.

–¡No era ninguna representación teatral!

–¿No?

Ramón dejó de fingir beber un café que, desde el principio, no quería y dejó la taza encima de la repisa de la chimenea.

–¡No, te lo juro! ¡Sabes perfectamente cómo era mi vida!

–Lo que sé es lo que tú me dijiste que era. Es posible que te inventases la mitad por lo menos. En cuanto a tu padre...

–¿No crees que mi padre sea tan horrible como te he dicho, que mi vida no era tan horrorosa como te conté? ¿Tan poca memoria tienes? Tú mismo viste a Esteban Bargalló...

–¡Sí, claro que lo vi! –volvió a interrumpirle él–. Y entonces te creí. Pero lo que no sabía era que ya me habías elegido como compañero de cama. Igual que hiciste con Perea.

Estrella lo miró horrorizada.

–¿Eso es lo que mi padre...? ¿Es eso lo que crees? ¿Acaso piensas que...?

Paseando la mirada por la habitación, Estrella vio el bolso que había dejado encima de una consola al llegar a la casa. Lo agarró y se lo tiró a Ramón.

–Busca. Abre el bolso y mira.

Completamente sorprendido, Ramón hizo lo

que ella le había pedido. Dentro del bolso, junto con otros artículos, vio un sobre blanco. Dentro del sobre había un documento firmado, sellado y con fecha.

Era un certificado de matrimonio.

—¿Qué demonios...?

Durante un momento, Ramón creyó que se trataba de su certificado de matrimonio, pero cuando lo estudió con más detalle...

Estaba firmado por Estrella Medrano y por Carlos Perea.

—Estrella, ¿qué es esto?

—¿Es que no lo ves? —dijo ella con terrible amargura—. ¿No sabes leer? ¿Qué crees que es?

—Es un certificado de matrimonio.

Sin embargo, Ramón seguía sin creer lo que estaba viendo.

—Carlos y tú... pero... nosotros...

—No te preocupes por eso.

Estrella también dejó de fingir estar bebiendo el café.

—No te asustes, no hemos incurrido en bigamia al casarnos. ¡Lo que sí fue bigamia fue mi matrimonio con Carlos! Por supuesto, él no me había dicho que estaba casado.

—Entonces... ¡Estabas casada con él!

—¿Cómo crees que me convenció para que me marchara con él?

La amargura de sus palabras dio paso a un titubeo en su voz. Los ojos se le llenaron de lágrimas.

—¿En serio no sabías que estaba casado?

—¡Por supuesto que no!

–Pero... ¿cómo es posible que no lo supieras?

–Carlos había vivido en esta zona, pero luego se trasladó. Yo también estaba fuera, primero en el colegio y luego en la universidad. Lo único que sabía de él era que había vuelto. Su esposa y sus hijos vivían en la antigua casa, en otra ciudad, porque la madre de la mujer de Carlos estaba enferma y su hija la estaba cuidando. Supongo que nadie me lo dijo porque suponían que yo debía saberlo.

Estrella necesitó guardar silencio un momento antes de continuar.

–Me hizo mantener nuestros encuentros en secreto; según él, porque mi padre jamás aprobaría que nos estuviéramos viendo. Cosa que no me extrañó, naturalmente. Pero ahora sé que lo único que quería era acostarse conmigo y, como sabía que a mí eso me asustaba, decidió pedirme que me casara con él.

–¿Y es por eso por lo que te marchaste con él? –preguntó Ramón con voz ronca, arrepentido de lo equivocado que había estado respecto a ella–. ¿Cuándo descubriste que estaba casado?

La mirada de Estrella ensombreció al recordar el siniestro día.

–Cuando su esposa llamó al hotel para decirle que su hija estaba enferma y que lo necesitaba.

–¿Y tú respondiste al teléfono?

–Sí.

–Oh, Estrella.

Ramón sacudió la cabeza con incredulidad al pensar en el monstruoso comportamiento de aquel hombre.

–Pero... ¿por qué no se lo dijiste a nadie?

Estrella miró hacia el suelo.

–¿De qué habría servido? Carlos murió en un accidente de tráfico una semana después de que yo me enterase de la verdad. Su mujer y sus hijos ya estaban sufriendo bastante como para que yo fuera a decirles lo que había pasado.

–Así que cargaste con todas las culpas.

Estrella se encogió de hombros.

–No me pareció tan importante, no sabía los problemas que iba a acarrearme y todo el tiempo que iba a sufrir. Además, estaba acostumbrada a ser una decepción para mi padre; lo fui siempre, desde el momento en que nací. Era mujer, no varón. Mi padre sólo quería hijos, pero mi madre y él sólo me tuvieron a mí. Cuando yo nací, mi padre tenía ya cincuenta años y mi madre no podía tener más hijos. Lo que mi padre quería era un heredero, un varón, que continuase su apellido. Lo que mi padre tuvo fue...

Estrella se interrumpió, se miró a sí misma y encogió los hombros una vez más.

–Mi padre me tuvo a mí. Me tuvo a mí y jamás nos lo perdonó, ni a mi madre ni a mí.

–No comprendo cómo puedes ser una decepción para nadie –dijo Ramón con absoluta sinceridad–. Sabía que tu padre era un imbécil, pero ahora ya no me cabe la menor duda. Y yo también lo soy por haber creído todo lo que me dijo.

Esas palabras hicieron que Estrella alzara el rostro, sus labios esbozando una leve sonrisa.

–Le dije que el único pretendiente al que estaría dispuesta a considerar eras tú.

–¿Y el resto? ¿Ibas a decírmelo?

–¿Por qué crees que llevaba ese sobre en el bolso? ¡Para enseñártelo, por supuesto! Quería contártelo todo. Iba a hacerlo anoche, pero...

Estrella guardó silencio.

–Lo siento.

Fue lo único que Ramón pudo contestar. No sabía cómo decirle lo disgustado que estaba por la forma como ese hombre, Carlos Perea, la había engañado y se había aprovechado de ella.

–¿Y tu padre te culpó de lo ocurrido?

Estrella sonrió amargamente.

–Para mi padre, todos los hombres son santos; si hacen algo malo es por culpa de una mujer. Yo era la mala y Carlos la víctima.

–Me gustaría matarlo.

Estrella sonrió.

–No creo que sirviera de nada. Pero... gracias...

Un sollozo escapó de los labios de Estrella. Al momento, Ramón acudió a su lado y, arrodillándose, la abrazó.

–Lo siento –dijo él con voz ronca–. Lo siento. Debería haberme dado cuenta...

Estrella ocultó el rostro en el ancho hombro de él, mojándole la camisa con sus lágrimas. Ramón le acarició la espalda, el cabello...

Ojalá pudiera permanecer ahí el resto de su vida, pensó Estrella. Ojalá pudiera quedarse en los brazos de ese hombre y no tener que volver a levantar la cabeza nunca más. Ahí se sentía a salvo, segura... pero no podía durar. Ni tampoco lograría solucionar lo que había hecho enfadar tanto a Ramón.

Los sollozos acabaron y Estrella decidió enfrentarse a la realidad.

−¿Qué es lo que te tenía tan enfadado?

Ramón, con expresión casi avergonzada, se levantó para luego sentarse en el brazo del sillón que ella ocupaba.

−No es necesario que hablemos de ello, puede esperar.

−¡No, no puede esperar! ¡No voy a dejarlo así! Me has acusado de mentir y de tenderte una trampa; pues bien, al menos ten la decencia de decirme en qué basas tus acusaciones. ¿Con quién has hablado?

−Con tu padre.

−¿Con mi padre? ¿Qué te ha dicho mi padre? ¿Y por qué demonios le crees cuando sabes que mi padre haría cualquier cosa por...?

−Dime, ¿no es verdad que te amenazó con desheredarte si no te casabas?

−Ah.

¿Qué podía responder? No podía negarlo. Su silencio respondió por ella.

−Entonces es verdad, ¿no? Te dijo que lo perderías todo... a menos que te casaras.

−Sí.

−¿Qué?

Ramón se inclinó sobre ella con expresión sombría.

−¿Qué has dicho? No te he oído.

−¡He dicho que sí, sí, sí! Mi padre amenazó con desheredarme y con ponerme de patitas en la calle. ¿Lo crees? ¿Es eso lo que querías saber? ¿Ya estás contento?

–No –respondió él levantándose del brazo del sillón–. No.

–¿No, qué? Que no me crees o...

–¡Que no estoy contento! Era lo último que quería oír.

Y Estrella le creyó. Pero sospechaba algo. Sospechaba algo que le hizo perder la compostura completamente.

–Crees que es por eso por lo que me he casado contigo, ¿verdad? ¡Sí, es eso! Crees que me he casado contigo por dinero.

No era necesario que Ramón le contestara, veía la respuesta en su rostro. Podría decirle la verdad, podía decirle que estaba equivocado; pero, en esos momentos, Ramón estaba demasiado enfadado como para escucharla.

–¡Cómo te atreves! ¡Cómo te atreves!

–Tú misma has admitido...

–No he admitido nada. Lo único que he hecho es confirmar que mi padre había amenazado con desheredarme. ¡Y tú tienes el atrevimiento de presentarte a ti mismo como un santo! ¡Tú, que sólo te has casado conmigo por conseguir la maldita cadena de televisión!

–¡No!

–¡Sí! ¡Vamos, Ramón, por favor! No tienes ningún derecho a reprocharme nada. No olvides que fuiste tú quien me dijo que mi padre te había hecho una oferta muy ventajosa, que te ofreció la cadena de televisión por la mitad de lo que vale. Y tú has firmado los papeles anoche. ¡Ni siquiera has podido esperar un día! Te ha entregado la cadena de televisión el mismo día de la boda, ¿no es verdad?

—Sí —respondió Ramón con voz dura y ronca.

—En ese caso...

—Pero no a mitad de precio. En realidad, tu padre quería darme la cadena de televisión como regalo de bodas.

—Entonces has hecho un buen negocio. Ni siquiera has pagado la mitad de su valor.

—No, porque no he pagado...

—No has pagado nada. La has conseguido gratis.

—¡Estrella! —gritó él—. No la he conseguido gratis, he pagado el precio justo, todo el precio. El precio que tu padre puso al principio. Y habría pagado más de haber tenido que hacerlo.

Estrella abrió y cerró la boca. Intentó decir algo, pero no salió palabra de sus labios.

—Pero... —logró decir ella por fin—. Pero... ¿por qué?

—¿No es evidente?

—No. No, en absoluto.

Ramón sonrió burlonamente. Luego, la miró fijamente a los ojos.

—Porque te quiero.

Ahora sí que no sabía qué decir. Se quedó mirando a Ramón sumida en una increíble confusión. Le vio encoger los hombros y echarse a reír.

—Porque te quiero.

Ya era hora de decirlo, pensó Ramón. Era la única respuesta, la única explicación. Se lo había negado a sí mismo, pero debía admitir la verdad.

Estrella aún tenía problemas en asimilar aquella declaración de amor.

—Pero... ¿por qué me has dicho que nuestro matrimonio no tiene futuro?

Ramón se pasó las manos por el cabello.

—Me parecía que no lo tenía... con sólo uno de los dos estando enamorado.

—Pero rechazaste la oferta de mi padre.

—Sí.

Ramón se puso a pasearse por la estancia como un león enjaulado.

—Era lo único que podía hacer, no quería que pensases que sólo me había casado contigo por obtener la empresa.

—No lo entiendo, teniendo en cuenta que fui yo quien sugirió que fuera la base de nuestro matrimonio.

Ramón se volvió para mirarla, consciente de que ya sólo podía responder con la verdad.

—Y yo no he podido seguir con el plan. A pesar de no reconocer todavía que estaba enamorado de ti, sabía que nuestro matrimonio no podía asentarse en esa base. Es verdad que quería la cadena de televisión, pero quería mucho más... y te quería a ti sin tapujos ni condiciones ni beneficios económicos.

De repente, inesperadamente, Estrella se inclinó hacia delante y le agarró un brazo con el fin de forzarle a mirarla.

—Y fue entonces cuando mi padre te dijo que me había amenazado con desheredarme, ¿verdad?

—Sí.

–Ramón, mi padre no me amenazó con desheredarme hasta después de que yo te pidiera que te casaras contigo. Lo hizo la noche que viniste al castillo cuando estábamos cenando con Bargalló, fue entonces cuando mi padre me dio un ultimátum. Me dijo que o me casaba o lo perdería todo.

Estrella le rogó con la mirada que la creyera. Ramón quería creerla.

–Ramón, por favor, créeme –insistió ella.

En ese momento, Ramón se dio cuenta de que no necesitaba pruebas. Sabía que era verdad.

–Te creo –respondió él con sinceridad–. Te creo, Estrella.

Estrella respiró profundamente, inundada de una súbita felicidad. Ramón la creía y la amaba. ¿Qué más podía pedir?

Ahora era su turno. Y tenía que ser rápida. Le había hecho esperar demasiado. Tenía que sacarlo de esa agonía.

–Ramón, ¿no has dicho que no crees que nuestro matrimonio pueda salir bien si sólo uno de los dos está enamorado?

La mirada de Ramón hizo que las lágrimas afloraran a sus ojos.

–Me parece que no podría soportarlo –contestó él.

–¡Oh, Ramón!

Estrella entrelazó los dedos con los de él.

–Ni yo, Ramón. Así que... ¿qué pasaría si los dos estuviéramos enamorados?

Estrella vio la momentánea confusión de Ramón; entonces, de repente, esa confusión se transformó en esperanza al darse cuenta del significado de sus palabras.

—¿Estás...?

—Sí —le dijo ella—. Sí, lo estoy. Yo también te quiero, Ramón. Te quiero con toda mi alma. En realidad, la verdadera razón por la que te pedí que te casaras conmigo era porque me estaba enamorando de ti irrevocablemente. Te estoy diciendo que jamás has sido el número diez en mi lista, sino el número uno, el único. Te estoy diciendo que quiero que tengamos un matrimonio de verdad, un matrimonio con amor y para siempre. Al igual que tú, no podría soportar que no fuera así.

Ramón la rodeó con sus brazos.

—Será así —le aseguró él con voz profunda y sincera—. Nuestro matrimonio empieza aquí y ahora, conmigo sabiendo que me quieres y contigo sabiendo que te quiero, que te adoro. No puedo vivir sin ti y te lo voy a demostrar...

Tomándole la mano, Ramón la hizo atravesar unas puertas dobles que daban a una terraza. Desde allí, contemplaron el amanecer.

Repitieron los votos matrimoniales en la terraza y empezaron una vida de amor compartido.

* * * * *

Podrás conocer la historia de Mercedes en el Bianca del próximo mes de Kate Walker titulado:
Humillación

¡Escapa con los Romances de Harlequin!

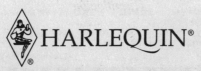

Acepte 2 de nuestras mejores novelas de amor GRATIS

¡Y reciba un regalo sorpresa!

Oferta especial de tiempo limitado

Rellene el cupón y envíelo a
Harlequin Reader Service®
3010 Walden Ave.
P.O. Box 1867
Buffalo, N.Y. 14240-1867

¡Sí! Por favor, envíenme 2 novelas de amor de Harlequin (1 Bianca® y 1 Deseo®) gratis, más el regalo sorpresa. Luego remítanme 4 novelas nuevas todos los meses, las cuales recibiré mucho antes de que aparezcan en librerías, y factúrenme al bajo precio de $3,24 cada una, más $0,25 por envío e impuesto de ventas, si corresponde*. Este es el precio total, y es un ahorro de casi el 20% sobre el precio de portada. !Una oferta excelente! Entiendo que el hecho de aceptar estos libros y el regalo no me obliga en forma alguna a la compra de libros adicionales. Y también que puedo devolver cualquier envío y cancelar en cualquier momento. Aún si decido no comprar ningún otro libro de Harlequin, los 2 libros gratis y el regalo sorpresa son míos para siempre.

416 LBN DU7N

Nombre y apellido	(Por favor, letra de molde)
Dirección	Apartamento No.
Ciudad	Estado Zona postal

Esta oferta se limita a un pedido por hogar y no está disponible para los subscriptores actuales de Deseo® y Bianca®.
*Los términos y precios quedan sujetos a cambios sin aviso previo.
Impuestos de ventas aplican en N.Y.

SPN-03   ©2003 Harlequin Enterprises Limited

Bianca®

De pronto estaba casada con un hombre que la deseaba, pero también la odiaba...

Una cazafortunas, eso era Charlotte Summerville e iba a recibir su merecido. El millonario Jake d'Amato estaba decidido a hacer pagar a aquella ambiciosa mujer. Y su plan era muy simple: se vengaría de ella... en la cama.

Quizá pareciera avariciosa, pero sus intenciones eran inocentes, tan inocentes como ella misma. Lo que compartía con Jake la volvía loca, pero la pasión tenía sus consecuencias...

Venganza amarga

Jacqueline Baird

Deseo®

Un toque caliente

Jennifer Greene

Aceptar un cliente como Fox Lockwood era buscarse problemas, pero Phoebe Schneider utilizaba su talento como masajista para curar a quien la necesitaba. Fox no tardaría en hacerle considerar la idea de cruzar una línea a la que jamás se había atrevido a acercarse siquiera.

Cuanto más tiempo pasaba Fox con Phoebe, más vivo se sentía, pero había algo que impedía que Phoebe permitiera que la relación fuese más allá del deseo y él iba a descubrir el misterio.

Ella tenía la norma de no mezclar los negocios con el placer... pero había normas que había que romper...